新鮮人

潘尚均——著

目次

CH1
假裝不愛你

1

王均浩，帥氣的大一新鮮人，聰明絕頂，魅力四射，所有人看到他都會被迷得神魂顛倒。這是他自己說的。

悶熱的房間裡，聽得見窗外的蟬鳴，均浩兩手撐地做著伏地挺身。三個室友中有兩人出門吃晚餐，剩下的一個室友逸飛，面帶微笑坐在靠窗的書桌前讀書。

宿舍裡使用的木材簡約，而陳舊的牆壁，提醒著住宿的同學們，小心斑駁的油漆剝落後掉在買回來的午餐上，剛才均浩才把吃了一半的便當丟掉。

「幹嘛這麼認真？」均浩用冒著熱氣的手臂擦汗，胸部的肌肉也很漲。

逸飛停下手中亂轉的鉛筆，說：「我想證明給我爸媽看。」

「你不是學體育的嗎？」均浩將毛巾放在紅通的脖子上，濕濕黏黏。

「我們也要讀書啦。」逸飛笑了。

「原來如此，我心與你同在。」均浩拿起深藍色塑膠大臉盆，把換洗衣服和內褲放進去，前往浴室來場涼的。

大一什麼事情都很新鮮，吃的、喝的，還有玩的、搞的。除了身旁換了好朋友，很多人一升上大學，或是在高三的暑假就尋覓到新的靈魂伴侶。然後會跟舊的另一半，依依不捨地道別。

均浩打開水龍頭，讓熱水慢慢沖出來，他雙手抓抓頭髮，再把身體弄濕，今天是開學第一周，班上有幾個不錯的女同學，感覺可以多多指教。

隨著回想女同學的漂亮臉蛋，還有深藏不露的豐滿身材，均浩將沐浴乳擦往身體，洗髮精從頭髮搓出許多晶亮泡沫，後來熱水往自己胸口不斷流下，幾乎有半個小時之久。

他將水龍頭關閉，用毛巾把冒煙的身體擦了一遍，來到洗手台時，他注意到旁邊的同學正在洗衣服，還拿著手機跟女朋友聊天，一直寶貝寶貝的互相稱呼。

均浩將厭惡的神情藏好，轉開水龍頭，裝了一杯憂鬱，擠了一些哀愁，然後往嘴巴刷去。

「寶貝，我要去拿零錢用脫水機，等我一下。」旁邊的同學伸手抓了下褲襠後離去。

是不會回宿舍講嗎？均浩用力打開洗衣機，把滿口泡沫吐了進去。他從鏡子裡看看自己的牙齒，再含了一口水漱口，連同泡沫一同吐乾淨，好像自己的怨氣也在此一併排除。

均浩離去前回看了一眼闔上蓋子的洗衣機，裡面有的是驚喜。他將公共浴室的門關上，沒多久在宿舍長廊看見另一個拿著手機與愛人深情呼喚的粗眉同學，均浩斜著眼，用肩膀故意頂了粗眉同學的手臂。

從此，這位同學有了一隻螢幕裂掉的手機。

「抱歉，抱歉。」

「你故意的吧？」同學摸著螢幕碎裂的手機，原本粗黑的眉毛更加生動。

「我都道歉了。」均浩伸手一頂，回應把手放在自己領口的粗眉毛同學。

他們差點打了起來，不過管理站的阿伯上來這裡晚點名，只好作罷。

「點名囉。」阿伯調整眼鏡，看清楚點名簿，敲了樓梯口的第一間宿舍房門。

均浩回到房間，逸飛依然在讀書，另外兩個室友正收拾自己的衣服準備洗澡，他們才剛回來。

「你爸不是醫生嗎？可以叫他幫你看一下早洩啊。哈哈哈哈！」孝齊脫到剩下一條內褲，露出一坨油肚。

「不要亂講話，他牙醫。」海程把牛仔外套掛在衣櫃，拿起地上的青綠色臉盆：「我先洗澡。」

均浩拿起床鋪上的深藍短褲，穿好以後，把頭髮隨意吹乾，便倒在了床上。

隨著眼皮的沉重，他被倦意拉入深沉的睡眠。

2

淡水河上波光閃耀，九月的天氣真是宜人，幾艘船在河上行駛，一些客人會靠在船邊望著浪花，相當愜意。均浩望著船，把身體靠在欄杆，將綜合口味的冰淇淋塞進嘴裡，享受輕鬆的甜。

「要不要吃一下燒肉啊？」孝齊的襯衫太小，肚臍露在外面，他剛好摳一摳。

「沒錢啦。」

海程讓腳踏車緩慢推進，然後停下：「欸，逸飛咧？」

「他沒來啊。」孝齊拍拍均浩，示意他往旁邊看：「有不錯的喔！」

均浩一轉頭，看見長髮飄逸，身材勻稱的典型正妹，眼睛一亮。隨著眼前女孩的視線，她正看著一個身材高挑的大男生走向自己，然後將她的手牽起來，男生的嘴唇輕輕碰上女孩額頭，她便笑了。

均浩手中的冰淇淋餅乾裂了個縫，冰淇淋差點流出來，他閉上眼睛，轉頭，看見一個山羊鬍的男人，也在看那位漂亮的女孩。

山羊鬍男人的嘴角笑容有些特別，令人印象深刻。

均浩發現山羊鬍男人看向自己，馬上撇過頭，卻在吵雜的人聲當中，聽見規律的步伐走來。

「同學。」山羊鬍男人微笑：「你好。」

「呃……你好。」均浩把眼神飄走，不去看山羊鬍男的瞇瞇眼。

海程跟孝齊站在一旁，動也不動。

「你是不是喜歡人家？」山羊鬍男搔搔下巴。

「沒、沒有。」均浩停頓，看向山羊鬍男：「她是很漂亮啦。」

「但是我這邊有更漂亮的。」山羊鬍男挑眉，又搖頭：「啊，不是，我這裡有部電影正在徵演員，看你外型好像有點適合，要不要來試鏡一下？」

均浩嘴還開著，山羊鬍男又說：「我之前有個演員，試鏡找到老婆的，大家都開玩笑，說他到底是來試鏡，還是來相親的，哈哈哈哈！」

「是……怎樣的故事啊？」均浩終於鎮定下來。

「我留給你製片電話吧。你可以問她，或是直接報名試鏡。就說阿腸推薦。」

「好，謝謝。」均浩拿手機將山羊鬍男給的號碼輸入。

「有問題直接問，就像那個女孩有沒有男朋友，直接問就可以了。」

均浩搔搔頭，看著山羊鬍男搖擺走向捷運站。

三個人站在原地，直到孝齊打破沉默。

「怎麼沒問我，我也是男主角類型啊！」孝齊湊近均浩手機，看看到底是真是假。

「他到底在講什麼東西啊……」海程說。

「我會不會要成為大明星啦！」

均浩的笑容，像是閃著光的淡水河，耀眼無比。

3

池水反射天花板上的燈光，整個游泳池顯得溫暖，嘩啦嘩啦的水聲在水道中一來一往，啪的一聲，均浩將身體撐起，從水裡竄出坐到了池邊。

均浩摘下泳帽，吐氣，六塊腹肌似乎變得更明顯了，水花在身上跳舞，再沿著肌肉線條滾滾落下。

灰色門板推開，淋浴間雖然不大，但沐浴乳、洗髮精，或是潤髮乳都不會少。

均浩擠出沐浴乳，將手伸向腋下塗抹時，從塑膠隔板看見在隔壁間淋浴的大叔，正用左眼看往隔板上的破洞。

「幹！」

隔壁的大叔連忙用手扣住隔板上方，探頭：「沒事、沒事，我是這邊沒有沐浴乳了，想跟你借。」

「是不用跟我借啦，但是，你不會走出去別間拿喔。」

「關掉熱水的話，走出去好冷耶。」大叔的鬍子蓄了滿臉，他摸了摸自己的光頭。

「那我要怎麼給你？」均浩看向黏在牆上的按壓式沐浴乳，說：「又沒有瓶子。」

「我有。」光頭大叔微微笑，把細長的手伸到均浩這間。

均浩把瓶子裝滿沐浴乳還給光頭大叔後，隨便沖一沖就走出淋浴間。

熱氣環繞整個更衣室，煙霧瀰漫，均浩走在其中，他把身體亂擦一通，就穿上衣服褲子，他把吹風機左右移動，呼呼呼吹著擦過還是很濕的頭髮。

但是，剛剛的光頭大叔也洗好澡，站到了他旁邊。

光頭大叔拿起紅色的老舊吹風機研究，喀，喀，把吹風機開到最大的熱風。

「欸……」光頭大叔把眼睛瞄向均浩，一邊吹頭，一邊開口：「謝啦。」

原來光頭需要吹頭髮嗎？均浩皺緊眉頭，關掉越來越燙的吹風機，轉過身拿起背袋要走。

光頭大叔一手拿吹風機，另一手的手指挖進滿是鼻毛的鼻孔：「先生，你很會演欸，不要耍帥啦。」

急欲走下樓梯的均浩，回頭看了一眼，嘴中念念有詞。

「我很會演嗎？」

4

超商的電視撥放著商品廣告，叮咚，均浩吸吸鼻子，走進超商。

茶葉蛋所剩無幾，多數看起來都已經泡在電鍋很久，不過正合均浩的口味。

「燙燙燙。」均浩夾了兩顆茶葉蛋，放進小小的塑膠袋中，他抓抓毛躁的頭髮，打了長長的呵欠，接著走向收銀台。

「小姐。」均浩發現女店員不理會他，便提高音量：「小姐。」

均浩往後看，有個穿著格子襯衫的男子，坐在休息區吃咖哩飯，女店員正在看他。

「喂！小姐！要不要結帳啊？」均浩拍了女店員的手臂。

「你兇什麼？你幹嘛推人啊！」

「我叫妳很多遍了耶。」均浩的臉故意裝得猙獰，皺眉。

「那也不用這樣啊。」女店員睜大眼睛，然後用力按下兩顆茶葉蛋的錢。

「好啦，抱歉。」均浩頭低下，又往後看：「他誰啊？」

「他是一個歌手唷。」女店員突然興奮起來，講了許多一路以來支持這位歌手的過程，徹夜排隊簽名、搶演唱會的票，還有買了他的每一張專輯。

「喔。」均浩聽完又更餓了，走出超商，便剝起了蛋殼，手被燙得刺痛，聞到茶葉香忍不住快點把殼掰開。

「好好吃喔！」

蛋白與蛋黃碎在均浩的口中，蒸氣冒出，第二顆蛋還在咀嚼時，他拿起手機，撥了通電話。

電話響了幾聲就有人接通，均浩用力吞下茶葉蛋，差點噎到，拿起礦泉水灌了兩口：「咳，不好意思！我、我想去試鏡，是阿腸推薦的。」

「喔？阿腸導演嗎？好啊！那詢問個資料……」

均浩坐在超商外頭的石階，無比珍惜自己的手機，用兩隻手捧著，對著它講話，像是捧著一直夢寐以求的寶物。

5

兩個人在射飛鏢，三桌客人各自聊著天，四個獨自前來的人坐在吧檯前，前方的音響放著輕盈的搖滾樂。

「我才剛游完泳，你們找我來幹嘛啦？」均浩打開桌上的啤酒。
「你還不是來了。」孝齊猛喝了一口伏特加。
均浩喝了一口，垂著臉看著孝齊的雙下巴因為吞酒而擠了一下，挺療癒的。
「欸，你報名試鏡了沒？」孝齊手拿著玻璃杯晃。
「幹嘛告訴你。」
「哼，一定打電話過去了齁。」海程用手肘頂了頂均浩的手臂。
「哇呼！」旁邊一桌的四個客人，其中一個突然高舉酒杯，亂喊亂叫，跟他一起來的朋友都叫他趕快坐下，但卻讓他更加熱情澎湃，手臂揮得更大力。
酒都灑到了隔壁桌的客人，均浩的臉被潑個正著。
「你幹嘛！」均浩手掌大力拍桌，取得氣勢，把臉轉向那個喝醉的傢伙，看起來很年輕的眼鏡仔。
眼鏡仔旁邊的朋友幫忙道歉，眼鏡仔卻搖搖晃晃，手揮來揮去，說：「你他媽是誰啊？」
髒話脫口而出的瞬間，均浩的拳頭也揮了出去。
「小屁孩，你們有沒有滿十八啊？」均浩捏緊拳頭，看著流鼻血的眼鏡仔。
眼鏡仔鼻孔不斷出血，他昏昏欲睡，依然盯著均浩，但坐在地上沒有爬起來。
旁邊三個朋友沒說話。
「一看就知道沒有嘛！身分證拿出來啊。」
「幹、幹嘛給你看。」其中一人說。

「老闆，他們未成年，把他們趕出去吧。」

均浩原本以為自己取得優勢，怎知老闆拍拍油亮的額頭，眼神銳利，說：「你的意思是我賣酒給未成年囉？」

「啊？」

「在我店裡打人，鬧事的人是你啊！以為自己很厲害是不是？」

「是他們先惹事……」

「現在我犯法，你在伸張正義就是了？」老闆說得越來越氣，臉都紅了大半。此時右側的廁所走出使用完畢的中年客人，看見這個情況，趕緊打圓場。

「欸，老大，沒事啊，別生氣。」中年客人聲音如微風，聽得令人感到舒服：「打個架而已，讓他們安靜離開就好。」

中年客人跟老闆是老相識，平時都稱他老大。

老闆一呼一吐，讓情緒緩和，眼鏡仔的朋友把他扶起來，帶著他離開酒吧，均浩慢慢坐回位子，旁邊的海程臉色卻很古怪，把頭低得不能再低，又要盡量維持正常。

中年客人突然走近，看著海程的臉，一震。

「小程？」

海程的眼睛閉上，眉頭深鎖。

「爸……」

6

車內的音樂關得很小聲，但細細的搖滾樂依然能感受到它的能量。四個男人。一個中年，三個有為青年。

「小程，幹嘛這麼晚還去酒吧喝酒？」海程爸爸轉動方向盤。

「你還不是。」海程坐在副駕駛座，看著車窗外的路燈，隨著車子移動而變換位置。

「我只是去放鬆一下啊，而且我沒喝酒。」海程爸爸有些得意，撇眼看見兒子的兩個同學都有些尷尬，他開始講點笑話。

漸漸地，大家都放鬆下來，好像人都還在酒吧，喝著小酒，或是飲料，聊聊最近在幹嘛，或者未來的計畫。

車子好像一張床，只是它會動，孝齊在床上睡著了，跟海程爸爸聊天的，剩下海程和均浩，不知怎麼聊到均浩沒交過女朋友，不知怎麼聊到，海程爸爸在讀醫學院前，有很多煩惱。

「在沉浸於人體的奧妙之後，我就不再胡思亂想了。」海程爸爸說。

「海程，你爸爸不是牙醫嗎？」均浩露出兩排算是整齊的白牙。

海程嘲笑：「他最喜歡跟別人說大道理，如果你有煩惱，他肯定會講出一大堆心靈雞湯。」

均浩微笑：「我其實也沒什麼煩惱。」

從現在來看，當然是真的。

7

學校裡面的咖啡廳，餐點昂貴，食物還不好吃，但總是大排長龍。均浩昨天沒喝太多，今天卻睡過頭，他來到咖啡廳的室外座位，把三明治裡的雞肉拿一些給旁邊散步的校狗，接著滑起手機，看看今天有什麼新聞。

此時手機震動，一通電話，一個已儲存的號碼。

電影製片——曉怡。

原本均浩還以為製片是男生，結果上次打過去，發現她的聲音蠻好聽的。

上次沒聊到什麼，可這次不知不覺在電話裡聊了很多，聊到下午的課要到了，均浩才離開咖啡廳。

今天的這通電話，除了確認可以去試鏡外，也確認了曉怡的聲音真的很好聽。

均浩的笑容遠遠看，像個開朗熱情的男孩，近看的話就像變態。

8

夜晚的某處。

白天這裡是青草地，晚上這裡暗得像是許多情侶的房間，因為這裡總有多對情侶，會做一些增進情感的運動。

均浩每次經過都會故意丟石頭打擾那些情侶，反正這麼晚，誰看得見。

「啊！」

一個男人突然大叫，均浩不小心踩到一個躺在地上的人，那人爬起來，摸著刺痛的手。

「不好意思啊，你怎麼睡在地上？」均浩只能靠微弱路燈來跟這人對話。

「我是遊民啊，你看不出來啊？」

均浩突然像發了瘋，狂揍眼前這個人，像是要置他於死地，而均浩陰暗的臉上，有淚光在閃。

一拳又一拳，均浩沒打算停，一拳又一拳，他被帶到了小時候，放學經過巷子裡的場景。

幾個身體髒兮兮的男人，不斷毆打均浩，用手揍，也用腳踹，踢他、捶他，然後把媽媽新買給他的錢包搶走了。

雖然錢包裡面只有兩百塊錢，但對均浩來說，那是一個月的零用錢，一個月，在一天內就不見了。四、五個遊民，露出黑牙與醜惡的微笑，把均浩打到差點暈厥，直到有民眾找的警察前來，遊民才落荒而逃。

最後一個也沒有抓到，黑漆漆的巷子與周遭環境，遊民比警察還熟。

在那之後，均浩只要看見遊民，就像看見怪物一樣，儘管他們在睡覺，還是趕快繞開，甚至會跑到街的對面，再繼續往前走。就像有些人怕狗，會不敢從牠面前經過。

在那之後，均浩會欺負班上比他矮小，或是比他安靜的人，儘管他們根本沒有對他怎麼樣。均浩也經常對人發怒，因為小事就與人發生衝突。

一直到高中，均浩的班導師教導了他做事前，先看看自己的想法，是一時衝動，還是非做不可，要隨時注意自己的內心。均浩的脾氣才因此收斂。

但是今天，他的拳頭被心裡的火給點燃，只能一直揍眼前這個遊民，才有機會熄滅。

幾分鐘後，他不斷往前的拳頭停了下來。

均浩的手指滴著血，他看著遊民鮮紅的臉，認出了這張臉孔。是不久前在游泳池的淋浴間，跟他借沐浴乳的大叔。

「你是遊民喔？」

「是你啊，會演戲的小子。」大叔的光頭上沾滿了血。

「抱歉，我嚇到，所以……」均浩全身冒汗，但是跟小時候被遊民毆打時的汗水不一樣，這次很舒暢，卻又感到些許尷尬的冰涼。

「哪有人嚇到，就把人打到快要趴在地上啊。」大叔起身，擦擦鼻血又說：「而且，你聽到我是遊民才發瘋的。」

「有嗎？」

「遊民有這麼討厭喔？」大叔看著均浩的眼睛，看著把自己打得亂七八糟的均浩的眼睛。

接著，均浩把小時候的痛苦記憶告訴了這個光頭大叔。

9

游泳池晚上的燈光，配上室內的裝潢，看起來比較漂亮，均浩通常都選擇這個時候前來。

這次他帶了光頭大叔一起。

「原來你都來這裡洗澡啊？」均浩還是覺得很對不起他，但沒想到自己的童年陰影這麼嚴重。

「對啊。」光頭大叔的臉上包了兩個紗布和三個ＯＫ繃：「不過這裡門票進來要一百元，我都一個禮拜左右來。」

「沒關係，今天就我請客啦！」

「好耶。」光頭大叔微笑，有顆牙齒還有紅紅的血絲。

均浩尋找各種方法，讓自己好過一點，讓光頭大叔開心一點。

他們倆在自由水道游起泳，把身體伸展開來，體力也緩緩流掉，卻讓身心感覺更舒服。

游了幾趟，去泡了熱水池，按摩水柱是均浩的最愛，沖完他們去了烤箱，又去了蒸氣室。

在煙霧繚繞的蒸氣之中，他們的對話就在看不清楚對方的樣子下展開。

「你怎麼會，到外面住啊？」

均浩低著頭，視線移向被白氣擋住的光頭大叔。

「沒啊，就，沒什麼工作。」

「啊……」均浩一時不知怎麼回答，身為大學生的自己，倒也還沒打過工。

10

「我以前，是一個演員。」

「喔？」均浩轉過頭：「你是演員！」

「不過只在電影裡演過幾個小配角。」

「那之後怎麼離開了？」

「這不好說。」

光頭大叔的臉，在白氣中顯得模糊又神秘。

「說一下嘛。」均浩對大叔產生了興趣。

「你叫什麼名字啊？」

「我叫王均浩。你呢？」均浩跟光頭大叔相望，雖然蒸氣讓他們不盡然能夠看見對方的表情。

「陳同壬。」

滾燙的蒸氣被均浩倒抽一口，吸入了鼻腔。

均浩愣住了，因為這個名字，在小時候曾經看過。

那是一個性侵犯的名字。

均浩剛到不久，他坐在涼亭側邊，看著手機，又時不時看看四周。

幾分鐘後，遠方有個女生走過來，帶著甜美的笑容：「均浩嗎？」溫柔的聲音讓均浩彷彿被帶到某個世外桃源，那裡能達成你所有的祈願。眼前的女孩，正是聯絡試鏡的製片。

「曉怡？」均浩燦爛的笑容，好像今天是來約會，而不是來試鏡的一樣。

「那我們走吧。」曉怡側身，朝著剛剛走來的方向。

均浩緩緩站起，把褲子拉好。

這個尚未交過女朋友的男孩，想跟曉怡有更進一步的接觸。

我不是變態，我不是變態。均浩這麼跟自己說。

但是怦然心動的感覺，一不小心就會露餡。

阿暘摸摸自己的山羊鬍，旁邊坐著副導演和另一個年紀稍長的製片。

三個人坐在劇組借來的韻律教室中央，窗戶灑進來的金色陽光照映著他們的臉龐，有種格外的清新。

「好久不見啊。」阿暘將椅子拉近自己腳後。

「好久不見。」均浩點點頭。

「坐。」阿暘笑容滿面。

「導演，我先去捷運站帶另一個要徵選的人來喔。」曉怡站在旁邊，輕聲說。

「好，妳忙。」阿腸看向均浩：「那你先自我介紹好了？」

均浩講了自己的名字，還有興趣是唱歌，現在讀企管系一年級，打算未來開家大公司。其實均浩對未來也沒什麼想法，只是如果說自己有些夢想，聽起來比較厲害，也間接說明自己會是個築夢踏實之人。

「這麼巧，我們的電影男主角，會有蠻多唱歌的戲分，不如你清唱來聽聽。」阿腸摸摸自己的山羊鬍。

興趣不一定能當飯吃，就像愛打球的人，不一定很會打球。均浩唱完歌，阿腸拍了幾個零星的掌聲，再請均浩演了幾個小情境短劇之後，曉怡回來了。

均浩的表情，像是遇見了千年難得一遇的美女，因此目不轉睛一直看著跟曉怡一起來的，另一個要試鏡的女孩。

曉怡已經被排除在均浩的心中，眼前這個女孩，才真正偷走了均浩的心。

我不是變態，我不是變態。均浩這麼跟自己說。

「咳，請自我介紹吧。」阿腸喝了旁邊的礦泉水潤潤喉。

女孩輕輕地微笑，開口：「我叫鍾蓓如，讀電影也喜歡演戲，希望未來除了拍攝電影長片，也能以擔任演員的方式來參與其中。」

「不錯啊，等一下。」阿腸轉頭看向均浩，說：「同學，沒事可以先離開，有安排到角色的話，我們之後會再聯絡您。」

「喔，好，謝謝導演！」均浩剛才還在偷看蓓如，他趕緊把角落的背包揹上，跟曉怡打個招呼後趕緊離去。

來到外面呼吸新鮮空氣時，均浩發現剛才心跳好快，就像經歷一場劇烈的運動。消耗這麼多能量，該是進食的時候了。

他一邊回憶蓓如的美貌，一邊走向麵店。

11

大碗拉麵冒著蒸氣，均浩拿起筷子就開動，電視新聞臺重複報導著銀行歹徒因為滑倒而開槍射中腳趾、一名盲人按摩師以高超的技法，讓老婦人從輪椅上站起來……等等讓人懷疑其真實性的新聞。

均浩沒有看電視，在咀嚼麵條的時候，他不斷想到剛才同樣參與試鏡的蓓如，五官細緻，臉頰圓潤，美麗的雙眸一下子就令人墜入愛河。

製片曉怡也很漂亮，聲音細細的很溫暖。但是，蓓如的出現就像一場下不停的春雨，讓均浩無法制止一直想她的衝動。

先專心吃東西吧。均浩搖晃腦袋，把筷子放到一旁，將湯匙也放到一旁，拿起拉麵的碗，開始享用豚骨湯頭帶來的滿足。咕嚕咕嚕，忽然有人從後方拍了均浩的背，害他差點嗆到。

「逸飛？」均浩抽了張衛生紙擦擦下巴的湯：「你怎麼會來？」

逸飛皺眉，笑說：「這家店是我推薦給你的耶，我幾乎每天都來啊。」

「我以為你不吃澱粉。」均浩看了看菜單舉手，向老闆再點了一份炸蝦和芒果布丁。

「你這個健身人不也常吃。」逸飛拉出均浩旁邊的椅子坐下。

均浩捲起袖子，彎曲手臂，看著線條不錯的二頭肌：「我只是愛運動，沒在雕塑體態啦。」

「剛剛練完跑步，現在好餓。」逸飛和老闆點了最常吃的叉燒味噌拉麵。

餐點送上後，均浩把熱騰騰的炸蝦放在一旁，先是拿起白色塑膠湯匙，在滑嫩的芒果布丁上開挖。

「你怎麼先吃甜點。」逸飛的臉頰因為塞了口麵而鼓起。

「太燙了。」均浩指著金黃色，看起來酥脆無比的炸蝦，然後將芒果布丁送入嘴裡：「好痛！」

「咬到舌頭呀？」

「吃甜的都會這樣，痛一陣子了，應該是蛀牙。」均浩表情扭曲，用手壓著臉頰，等待牙痛散去。

「你的表情真的很豐富，演員計畫怎麼樣了？」

聊到這個均浩眼睛就發亮，他分享了今日試鏡的事情，也早就想像著，如果之後與蓓如一起待在劇組演戲，會是怎樣的情景。

逸飛笑說：「會不會試鏡的女孩，還有那個製片都對你沒興趣。」

「哎呀，她們一定已經被我帥氣的外表吸引，正在爭風吃醋了啦。」均浩說完，看到麵店前方電視上一則性侵犯的新聞，想到那個定期去泳池洗澡的遊民。

均浩本來的好心情，一下就被負面能量淹沒。

12

陽光照耀著大地，油膩的光頭則毫無光澤，微風輕拂著皮膚，卻仍感燥熱。教會的入口，一個個信眾排隊進場，等著何牧師的宣講。

何牧師的語氣不慍不火，又說得頭頭是道，總讓人聽得如癡如醉，光頭大叔有時也會參與，他會待在教會外，蹲在半開的窗旁邊聆聽。

今天他並不是因興致而至此地，他是為了無法抹滅的罪行。光頭大叔想起上回那個叫做均浩的小夥子，聽見自己的名字時，那樣驚恐的神情。

他的雙手在顫抖，起伏的胸膛充滿長期堆積的恐懼，光頭大叔來這希望能夠得到原諒，儘管他不是加害於教會裡的任何人，也希望他們能夠原諒自己，這樣他就能消除滿身的罪孽。

光頭大叔的雙目含淚。何牧師的麥克風打開了，聲音有如微風般的清涼，然而，光頭大叔仍然滿頭大汗，汗珠不斷從他懊悔的臉上滾落。

遠處的麻雀吱喳唱歌，聳立的教會上方，那片繽紛的玻璃，折射出了十年前，那場午後的大雷雨。

「哇，爸爸，外面下雨了。」

「對啊，來我們要回去了嗎？」爸爸幫小嘟調整歪掉的泳帽，然後牽著小嘟的手。今天的泳池人不多，他們待在寬敞的漂漂池，隨著水流慢慢移動。

「好！」小嘟泳帽邊緣沒塞好的髮絲都因為水而黏上了嘴角，她一邊笑，一邊把頭髮撥開。

爸爸把小嘟的粉色蛙鏡摘下，和自己的深藍蛙鏡一起投進從家裡帶的塑膠購物袋。兩人踏在泳池右側的止滑墊，小嘟舉起手又再插腰，像是在走秀。小嘟的泳裝和蛙鏡是粉色與白色搭配成套，看起來並不突兀，但是爸爸的紅色泳褲，配上不同時間買的淺藍色泳帽，看起來有點說不上來的怪。

「這裡是男生更衣間耶。」小嘟指著牆上的男性圖示。

「妳還小啊，沒關係。」爸爸將小嘟的泳帽也給摘下，雙手擰乾，再放進肩上的袋子裡。

小嘟和爸爸進去淋浴間，爸爸正要看現在幾點時，發現手腕上是空的：「我忘記拿手錶了。」目前男性更衣室沒人，爸爸拉拉小嘟的手，叮嚀：「我去拿手錶，妳先待在這，把門鎖好，等爸爸回來好嗎？」

小嘟點點頭，然後把泳衣脫下，爸爸幫她拿下上方的蓮蓬頭，提醒她不要浪費水，接著將淋浴間的藍色門板關上，再敲敲門，要小嘟記得鎖門。

喀啦。小嘟把門鎖上，打開水後，她透過滿是水漬的水龍頭看著自己的臉，接著把蓮蓬頭的水柱沖向自己。

沒多久，門板頂端探出一個人，是名頂著油亮光頭的男子，他面帶笑容露出黃黃的牙齒望著小嘟。

「嗨，我叫陳同壬。」男子說。

小嘟鼓起雙頰在笑：「我叫……」

爸爸找到手錶回到男性更衣室時，發現女兒小嘟的雙腿間有血在滴，他大吼著，雙眼激動得一直淚流。

救護車的聲音由遠而近，地上滿是落葉，從泳池離開的客人撐著傘，身上還是被淋濕大半。

雨水把泳池的整面玻璃變得模糊，嘩啦嘩啦打在赭紅色的屋頂上。

星期一的國小裡，二年一班的幾個同學，討論起了周末在游泳池發生的事情。雖然校園裡看起來仍然正常運轉，下課時有的同學待在教室裡聊天，有的同學則是在校園裡開心地奔跑，也有同學集合在籃球場鬥牛。

「聽說她被壞人侵犯了。」臭蟲表情嚴肅地說著。

其他站在旁邊聽的同學都感到很害怕，風紀股長說：「會不會學校也有這種怪叔叔啊？」

「不會的啦。」當時同樣讀一班的均浩捏緊拳頭，故作鎮定：「如果他出現，我一定把他打得很慘。」

「小嘟真的好可憐，不知道她什麼時候會來上學？」班上的第二名阿臻皺緊眉頭。

「我們改天去她家探望她吧。」體育健將小蛋提議。

「可是老師叫我們不要去打擾小嘟。」身材壯碩的班長說。

「大家一定要各自小心。」阿顏本來雙手搭在兩旁，他隨後從外套裡抽出一疊報紙，說：「嗯，我們要記住這張臉。」

攤開報紙，大家湊近一看，新聞的照片是泳池外監視器的模糊影像，底下的文字寫著發生的事情，還有那名怪男是誰。

「還要記住這個名字。」均浩提醒大家。

13

均浩收到曉怡的簡訊，他高舉手機在宿舍裡大吼。正在讀書的逸飛，還有在玩線上遊戲的海程都被嚇了一跳。

頂著圓鼓鼓的肚子，半身赤裸，脖子上掛著毛巾的孝齊拿著臉盆回到房間。

「你們在幹嘛？」孝齊把臉盆裡的洗髮乳放回書桌上的櫃子，再將肥皂裝回肥皂盒。

「均浩要演電影啦。」海程勾著均浩的脖子，盯著均浩選上角色的簡訊。

「怎麼可能，欸我也想要演，幫我爭取一個小配角也好。」孝齊還沒穿上衣服，就把濕濕的胸部貼在均浩和海程背後。

「不行啦，你太胖了。」均浩用手指戳戳孝齊的肚子。

孝齊輕輕揍了均浩的手臂，把放在床上的背心穿上，說：「那個跟你同一天試鏡的女生咧，她有上嗎？」

「不知道。」均浩聳肩。

「你問製片啊。」海程指著均浩的手機。

「我跟她不太熟。」

「騙人，明明就想要把人家。」孝齊用手對均浩的腋下搔癢。

坐在書桌前的逸飛把書闔上，打算轉身和大家一起聊天。均浩滾到床上，怕癢的他像條蟲不斷蠕動，一直發出笑聲。

「好啦，先等一下。」海程制止孝齊，然後表情認真地看著均浩：「那麼，製片曉怡還有試鏡女孩，你到底要哪一個？」

不需要時間思考，因為這不是個難題。

均浩被搔癢而滿身大汗，他攤手：「當然是那個試鏡的女神。」

手機的震動聲讓大家終於安靜了三秒，均浩看了手機顯示，是製片曉怡。

海程興奮地搖晃均浩，逸飛也從椅子上跳起來，孝齊拍著大肚子歡呼。

均浩用手示意大家小聲，說：「只是公事，我心有所屬。」

「記得問那個女孩有沒有得到角色。」孝齊壓低聲音。

「喂？製片嗎？」均浩雙手拿著手機，側身走到宿舍的窗台旁：「當然沒問題，好的，那到時候見。」

孝齊、海程，還有逸飛三人睜大眼睛盯著均浩看。均浩按下結束通話，和他們對看，接著揚起微笑。

「蓓如也通過試鏡，製片要跟我們約時間對一下戲。」均浩說完，激動地抓著大家狂吼。

後來他們在房間太吵，搞到其他學生都來投訴，還好沒有因此被趕出宿舍。

14

小朋友們在遊樂器材區蹦蹦跳跳，旁邊還有鬼吼鬼叫的國小生正在打躲避球，但這些絲毫沒有打擾坐在涼椅上的均浩。

均浩的牛仔褲變得緊繃，等一下和蓓如對戲……他不禁注意起自己的心跳，到底有什麼好緊張的，大概是自己沒有戲劇的經驗，所以沒有把握，一定是這樣的，改天要多看點演員的訪談，還有上網搜尋戲劇老師們傳授的演戲秘訣。

「嗨。」蓓如踩著輕盈的步伐，來到均浩身後。

這樣的互動，像極了偶像劇的男女朋友。均浩是這麼認為的。他迅速起身，用練習已久的笑容與蓓如打招呼。

導演阿腸從遠處走來，只是他臉上的山羊鬍不見了。

蓓如望著導演笑，轉頭看均浩：「導演這樣蠻清爽的對吧？」

導演阿腸摸摸自己的臉頰，說：「別提了，我為了拍這部電影把房子拿去抵押，鬍子被我老婆刮了。」

他們在公園裡開始。本來製片曉怡約大家到已借好的韻律教室，但是阿暘希望在拍攝場景直接排練。面對活潑可愛的蓓如，均浩努力保持正常，但這讓均浩說台詞時顯得更加生硬。

阿暘倒是很滿意。均浩這就放心了，反正導演沒問題那就沒問題。只是自己的台詞並不多，一下子就全部記在腦袋裡了。

十分鐘後，一個長得眉清目秀，穿著橘紅格子襯衫的男子走向他們，阿暘舉起手向他打招呼。男子越走越近，均浩忽然覺得男子有點面熟。

是上次在超商看到的歌手，連女店員都因為看他而分心忘了結帳。均浩皺緊眉頭，察覺到不對勁，其實他早該猜到了，只是仍然等到阿暘親口說出來。

阿暘向均浩與蓓如介紹：「來，這是我們的電影男主角。」

「謝維！」蓓如閃亮的眼睛，早已透露自己是他的粉絲。

「嗨，妳就是女主角吧？」謝維勾起嘴角的笑容。

均浩頓時像個局外人，阿暘是導演，蓓如還有這傢伙是電影的男女主角，而自己是個台詞沒幾句的小角色。

謝維早已擄獲蓓如的芳心，均浩不明白自己今天為何要出現，可他還是跟著他們，順便幫忙念一些其他角色的台詞。

「我不喜歡這樣。」蓓如皺眉。

「那我們就什麼話也別說。」謝維輕輕將手放在蓓如的臉頰旁，但是沒有觸碰到她的肌膚，謝維將眼睛微微瞇起，揚起微笑。
蓓如的眼睛眨呀眨，臉還有點泛紅。
「就是這樣！」阿陽鼓掌：「我要的就是這種感覺，不錯唷。」
「嗨，你們，怎麼，在這邊？」均浩看著手上的劇本。
「沒關係，均浩，你先休息，我再調整一下他們兩個。」阿陽將劇本捲成棒狀，敲敲自己的掌心，說：「來，謝維你等等另一隻手也會有戲，然後蓓如，妳的眼神很棒，給妳一個讚。」
均浩坐到溜滑梯旁邊的盪鞦韆，踩在地上的雙腳用力推，讓鞦韆輕輕擺盪。他不想看這偶像歌手與蓓如的親密互動，但也怕要是自己沒看，歌手偷吃蓓如豆腐怎麼辦。
後來，均浩決定眼不見為淨，他轉過身，與其他盪鞦韆的小朋友反方向，還有個小弟弟問他幹嘛要孤僻，現在的孩子真是越來越會社交了。
「你要去吃東西嗎？」蓓如的聲音從後方傳來。
蓓如的手指輕輕碰到均浩時，均浩像觸電般差點跌倒。均浩緊握鞦韆的鐵鍊，抬頭望著蓓如，一時說不出話。
「謝維和導演要先走了，你要吃晚餐嗎？」蓓如轉頭，對著阿陽和謝維招手。
今天蓓如和阿陽導演先在韻律教室討論演戲，之後搭捷運過來，謝維則是開自己的車。剛才謝維問阿陽和蓓茹要不要搭便車，蓓如因為太過害羞而拒絕。
「隨便。」均浩想要耍酷，卻得到了蓓如的皺眉。

「不想要就算了。」

「欸欸沒有啦。」均浩連忙起身，腳勾到鞦韆跌了狗吃屎。

「哈哈，我開玩笑的。」蓓如回頭看著均浩時，對著他擠眉弄眼。

均浩起身拍拍褲子，發現手沾到了濕潤且有不明雜質的泥土，但是，能夠見到蓓如的微笑，還有什麼好埋怨的？

15

「所以你們吃完晚餐，然後呢？」孝齊拿起旁邊那杯伏特加調酒。

均浩將啤酒罐打開，聳肩：「就這樣啊。」

海程嘆氣：「所以你沒有任何進展嗎？」

「才第一天要有什麼進展啦。」均浩擺出笑臉：「海程，你不要交了女朋友就好像懂很多唷。」

「好說，好說。」海程拿著特調往後躺，身體靠在環形的深綠沙發，看起來很放鬆。

均浩聆聽著酒吧的音樂，轉身望向那些在射飛鏢的客人。飛鏢隨著咚咚聲響不斷射中標靶，那些客人的歡呼聲讓酒吧的氣氛變得更加熱鬧。

此時，有人走向均浩，是上次在這遇到的眼鏡仔。

在均浩說話之前，眼鏡仔拿出自己的身分證，說：「我十八了。」

「抱歉，我上次是有點太激動了。」均浩承認，當下被酒潑到確實想打爆這傢伙的眼鏡，但是現在回頭看，那不過是小事。

「我過來是想說……」眼鏡仔看了看旁邊的兩個朋友，欲言又止。

「說吧。」均浩擠眉。

「我們錢帶不夠。」眼鏡仔低著頭，推了推眼鏡。

均浩、海程，還有孝齊互看，隨後笑了出來，他們請了眼鏡仔和他的朋友一杯酒，聊天才知道眼鏡仔現在高中在拼學測，只是壓力太大才來喝酒。昨天是眼鏡仔的十八歲生日，因為要考試所以才今天來酒吧，一部分的原因，也是為了紓解壓力。其實均浩他們也才大一，只比眼鏡仔多一歲，他們的學校是眼鏡仔的第一志願，要是眼鏡仔考得理想，明年還會變成他們的學弟。

隨著話題越來越熱絡，他們聊得多，喝得也開始多了。

營業結束前，酒量不好的均浩吐了滿身。

早晨的自助洗衣店。

均浩獨自抱著洗衣籃，走進充滿洗衣粉香味的店裡。酒吧離學校有點距離，但是離自己的家很近。所以昨天均浩直接回家，當然，因此被老媽罵了一頓，要他不准把衣服丟家裡的洗衣機。

為了讓老媽心情好一些，均浩把家裡的洗衣籃一起帶上，順便丟入昨日沾滿嘔吐物的衣服。幫忙做家事，老媽都會給予鼓勵。

來到洗衣店裡的角落，均浩把籃子放在洗衣機上，用手指勾起昨天的衣服一聞，味道臭得讓他差點再吐。

「王均浩？」曉怡探頭，確認是不是均浩的臉。

「製、製片！」均浩驚訝地身體往後，接著趕緊將洗衣籃的東西全都丟進洗衣機，再將蓋子關起來。

均浩看著曉怡，她穿著簡單的衣服，雖然不是睡衣，但看起來相當簡約，而且白色的衣服底下，隱隱透著內衣的顏色。他不禁直盯著曉怡的身材看。

「以前沒看過你來。」曉怡也把自己的衣服放進洗衣機，熟練地倒入洗衣粉，再投幣開始洗衣。

「家裡的洗衣機壞了，所以我才來這。」均浩微笑，轉身看了看洗衣機上的步驟，然後做了與曉怡同樣的動作來讓洗衣機運轉。

均浩不敢說是因為自己吐得一蹋糊塗，老媽才要求他自己清洗。他怕這樣會毀了自己在曉怡心中的好學生形象。

「你住家裡啊？我以為你住宿舍。」

「說來話長。」均浩轉移話題：「妳也住附近？」

「對啊。」曉怡走向洗衣店門口的椅子坐下：「你要不要來坐，洗衣服需要一些時間。」

洗衣店門口的椅子只有兩張，均浩沒辦法和曉怡兩人中間隔一張椅子坐，保持適當的距離。均浩來到曉怡身旁坐下，兩人的距離不到二十公分。

「上次排練還好嗎？」曉怡打開手機備忘錄，上面都是電影拍攝的事項。
「喔，很好啊。」均浩翹著二郎腿，微笑底下是些許的緊張。
「導演不會太嚴厲吧？」曉怡轉頭看均浩。
「他好像覺得我演得不錯。」
「那就好。但是如果惹他生氣，他也不會是個好好先生喔。」曉怡注意到手機來電，便起身走到門口接電話。
均浩深呼吸，讓自己放輕鬆。
曉怡把手機垂下，均浩注意到她的表情，開口問：「怎麼啦？」
「電影有個角色，演員因為車禍不能參與了。」曉怡說：「我們的執行製片說要重新徵選，因為導演不想隨便找個線上演員。」
均浩找不到話來安慰曉怡，但是曉怡也沒扳著臉，她的身體靠在一旁的洗衣機，笑說：「王均浩，你也可以參加徵選呀。」
「我？那我演的角色怎麼辦？」
「那個角色出場時間少，導演還有些替補人選。」
「原來是這樣……」均浩愣住：「可是我的演技好像也不是太好耶。」
「你不是說導演覺得你演得好嗎？」曉怡皺眉：「而且你被選上，代表你是第一名呀。」
「但是這個第一，不是徵選男主角裡的第一。」

曉怡雙手插腰，說：「那你更應該來試試看啊，空出來的是蠻重要的配角，跟男女主角都有很多對手戲呢。」

聽到這裡，均浩緩緩抬起頭，嘴角不禁露出微笑。

小角色與女主角的距離實在是太遠了。

他要得到這個重要配角，讓蓓如刮目相看。

16

水花被均浩的雙臂和兩腿濺起，游泳池的水道裡，均浩用蝶式前進著。

在剛才這一小時裡，均浩一直想著明天試鏡的台詞，這幾天他拚命苦背，重要配角果然不一樣，台詞比自己本來要飾演的角色多了好幾倍。

均浩從水道上岸後，一邊欣賞自己飽滿的胸肌，一邊往樓上的更衣室走去。儘管他覺得自己比那個歌手帥氣幾分，但知名度還是商業電影選角的主要考量，這個均浩得承認。

淋浴間剩下一個空位，均浩走進去，反手將灰色門板啪的關上，均浩打開蓮蓬頭，用熱水把全身先沖一遍，再擠沐浴乳搓身體，蹲下用雙手觸摸膝蓋時，他發現地上的陰影。

均浩抬頭，光頭大叔正從門板探頭看他。

「幹！」均浩用力推了一下門板，光頭大叔從上面滑落。

光頭大叔從隔壁淋浴間用手輕擊隔板，當作敲門。

「我不是叫你滾了嗎？」均浩瞪著雙眼，熱水淋得他心中怒火更加沸騰。

「我想要解釋，我是想說，我已經變好了。」光頭大叔那側，蓮蓬頭也開著，水正嘩啦啦地流。

「有這種事嗎？」均浩握緊拳頭：「你這個死變態。」

「當年我進去關，被裡面的人調教過，我真的已經變好，我……」光頭大叔將臉貼在隔板上，嘴唇顫抖：「當時我只是忍不住，現在我可以控制自己了。」

唰——均浩用轉到最熱的蓮蓬頭往光頭大叔的頭頂上沖去。

滾燙的熱水淋灑在光頭大叔的頭部和身體，光頭大叔哀號著，用雙手擋住無法完全阻擋的熱水。泳池的幾位客人聽到如此淒慘的聲音都跑來關切，而均浩早已走出淋浴間，用毛巾隨意擦擦身體便離開。

頭髮還有點濕潤，均浩恨不得把光頭大叔痛打一頓，但他一點也不想碰觸到那個性侵犯。或許，當年同班的小嘟與自己沒什麼交集，但才二年級的他們，遇到這種事可不會完全不痛不癢，這些年來，他心裡的某處已經漸漸地腐敗，或許均浩不知道整件事情，但這些人渣真不該存在在這世界上。

均浩看著手機，而唯一能讓他忘記煩惱的，只有蓓如的微笑。還好上次兩人吃晚餐後有留電話。他傳簡訊給蓓如，問她能不能和自己對戲，為了準備明天的試鏡。

蓓如回了簡訊，說好。

17

「我最討厭你了。」蓓如大喊。

「我也沒有喜歡過妳。」均浩將雙手插口袋。

蓓如看著均浩歪頭看向天花板的神情，不禁笑了出來。他們在社區的康樂中心，外面有籃球場、網球場，而室內的坪數空間充足，除了小型健身房，還有幾間教室提供每周的繪畫、瑜珈、柔道……等等不同課程使用。

「這樣太不自然了啦。」蓓如擠眉弄眼。

「我很認真啊。」均浩攤手，其實剛才一直分心，是因為隔壁間正在上舞蹈課，現在仍聽得見老師大喊著節拍，讓學生隨著音樂舞動。剛才均浩和蓓如偷看時，均浩發現裡面都是高中女生，雖然蓓如就在眼前，但高中與大學就算只差一年，青春就是差了一大截。

「你明明就在想著隔壁的小女生。」

「她們都是高中，已經是大人了。」

「看吧，你連她們讀什麼學校都知道吧。」

「制服上有寫是沒錯啦。」均浩只好承認。不過剛才排練明天的試鏡內容，他確實抓不到要點，肢體僵硬與表情尷尬一直沒有改進。

蓓如抿著嘴，許久才開口：「不然你演完這段，就背對觀眾。」

「這樣導演就看不到我了耶。」

「其他段落可以啊，只有這裡，你突然轉身，導演會發現你的巧思，也會知道你可以演這個酷傢伙。」

「你只認識我啊？」

「我幹嘛騙你，而且我也希望你被選上，現場拍攝時，和認識的人演戲比較不會尷尬。」

「真的假的啦？」

「對啊，還有謝維。」蓓如側身，用手機拍了均浩的背面照。

「喔……」均浩聽到那個歌手的名字，語氣變得無力。

「不知道為什麼，導演當初只找我和你，還有謝維去排練，明明你的角色沒那麼重要。」

「可能因為我的帥氣吧。」

「最好是啦！」蓓如把手機轉向給均浩看：「不過我拍的這張蠻好看的。」

「還可以。」均浩搔搔下巴，忽然發現自己與蓓如很近，近得能聞到她的髮香，香噴噴的讓他心跳加速。

碰的一聲，教室的門把撞擊牆壁，門口站著瞪大眼睛的年長警衛。

「喂，你們是誰，有借教室嗎？」年長警衛的聲音宏亮。

「有，我帶你去看簽到簿……」均浩急中生智，他牽著蓓如的手，拉著她走向年長警衛，兩人踏出教室，年長警衛跟在後頭。

接近櫃臺時，均浩大喊：「快跑！」

蓓如跟上均浩的腳步，兩人的臉上帶著爽朗的笑容，外頭的月光照映著路上的行人，均浩牽著蓓如跑過大片的籃球場。

年長警衛雙手撐著膝蓋喘氣，一下就不見均浩和蓓如的身影。

均浩輕輕放開蓓如柔軟的手，還好蓓如沒有注意到均浩的害羞，所以兩人之間沒有任何的尷尬。

均浩調整呼吸，和蓓茹走在康樂中心外的紅磚人行道上，點點的腳步聲伴隨著他們，但沒有人開口說話。蓓如笑得甚至瞇起了眼睛，均浩望著蓓如，鹹鹹的汗水滑過他揚起笑容的嘴角。

18

跟上一次試鏡同個地點，但這次抵達二樓時，走廊上已經坐滿了許多人，胸前或手臂都貼著試鏡的號碼牌。均浩走到前方的長桌報到，除了曉怡之外，沒有其他認識的工作人員，本來想和她打招呼，但是她在韻律教室裡面忙。

均浩簽到後，工作人員給了他25號的貼紙，均浩右手一拍，把號碼貼在左胸前，自信又多了一些。

「均浩，你也來試鏡呀？」謝維慢慢走來。

「是啊。」均浩勉強微笑，這場試鏡跟謝維應該無關吧，他出現在這裡到底想幹嘛。

「現在才輪到7號，你肚子餓了嗎，那邊有便當可以吃。」謝維指著面試間外頭的三袋便當，接著說要離開。

現在是午餐時間，均浩同意試鏡前要填飽肚子，他走過去拿了一個雞腿便當，坐在旁邊的摺疊鐵椅上吃。

「辛苦了，先休息一下。」阿陽打開韻律教室的門，指著旁邊的便當，請手臂貼著7號的年輕人拿一個，卻看見均浩咬著雞腿，便當已經吃了大半。

「導演好。」均浩跟阿陽禮貌點頭。

阿陽卻怒瞪著他：「你不知道試鏡完才能吃嗎？什麼事都沒做就想白吃白喝，你是來試鏡還是吃便當的？」

均浩愣在原地，免洗筷夾著的雞腿還在滴油：「抱歉，我……」

「你吃完就走吧。」阿陽走向走廊最深處的廁所。另一個年紀較大的製片沒說話，跟櫃台拿了瓶礦泉水。7號的年輕人緩緩蹲下，拿了一個炸雞排便當。剛才還在整理資料的曉怡，走出韻律教室，想跟均浩說話，只見低著頭的均浩轉身，把便當放在報到的長桌上。

7號的年輕人坐在剛才均浩坐的位置吃便當，曉怡緊皺眉頭，又望向遠處阿陽導演的身影。

均浩往樓梯口走去，經過那些坐在走廊上等待試鏡的演員們，他保持最穩定的速度，不讓人覺得他想逃跑，然後離開這裡。

依照當時的情況，均浩不敢走到廁所和阿陽導演解釋，說是謝維那什麼狗屁歌手要他拿便當來吃，還一副很親切的樣子。

均浩回去之後，看了更多演員的訪談，還有戲劇練習的分享，他也找了一些網路上的短劇，自己演然後把自己錄下來，再找出演技上的缺點加以改進。

幾天後收到了曉怡的簡訊，說是那個重要配角沒有找到適合的人選，導演阿陽打算邊拍電影邊找演員，還說導演氣消了，要均浩不用太擔心。

一開始，均浩確實有點難過，不過隔天晚上，他約蓓如吃飯後就沒事了。他們去了家牛排餐廳，均浩順便跟蓓如訴苦，但是沒說謝維的壞話。他知道她很喜歡謝維。這是均浩與蓓如共進晚餐時，唯一美中不足的地方。

19

海程因為交女友，現在很少出現在宿舍，他說自己只是和女友聊天，聊太晚過了門禁，就只好在女友租的房子待上一晚。不，是很多晚。

宿舍少了個人，確實變得比較冷清，但他們也沒再被投訴太吵。逸飛總是認真讀他的書，偶爾會和均浩聊聊天。然而，孝齊的生活習慣，讓均浩有些反感。

早晨的鬧鐘闖入了均浩的夢鄉，均浩起身，盯著孝齊擺在床頭的手機，星期一到星期五早上，孝齊都會設置三個鬧鐘，從六點開始，每次間隔五分鐘。均浩都得在被第一個鬧鐘吵醒後，起身把後面兩個按掉。然後看著發出陣陣鼾聲的孝齊，睡得仍香。

開學時覺得還好，現在大學的第一個學期快要過去，生活習慣的差異就漸漸產生巨大的鴻溝。均浩也曾好好跟孝齊談過，但是孝齊說自己的手機有問題，鬧鐘關不掉，他也懶得去手機行修。

均浩在疲累與頭痛的雙重折磨下重新睡著，沒多久又驚醒，差點忘記今天約了牙醫看診。

「請進。」何醫師坐在治療臺旁邊，看見均浩時，驚訝地微笑：「是你啊，海程的同學。」何醫師戴著口罩，均浩本來認不太出來，仔細一瞧，想起他是剛開學時在酒吧遇到，還送他們回宿舍的海程他爸。

均浩打開嘴巴，何醫師在他的牙齒上鑽啊補的，一邊聊著學校的課業，一邊說著海程以前的事。

「海程最近不怎麼回家，看來是喜事近了。」

「不會這麼快結婚吧。」均浩含著牙醫器具說話。

「不過你……看起來不太好。」

「有嗎？」均浩皺眉，但最近確實有些煩惱。阿腸導演的電影開拍了，那個空缺的重要配角雖然還沒補，但拍攝大表也還沒輪到自己的角色，均浩現在只能繼續精進自己的演技，然後等待製片通知。而這樣的等待，讓他沒有正當的理由約蓓如出來。

「看起來是相思病。」何醫師下了結論，然後鑽牙。

20

大一新鮮人這個稱號，在開學幾個月後就已經不適合自己了。

均浩拿著手機默背台詞，他也習慣在星期三的晚上，喝一杯學校附近飲料店的星星綠茶。

逸飛熟悉了讀書的節奏，而每次訓練完，他會減少一個小時的讀書時間，因為運動完再讀書，專注度反而更加提升。

孝齊喜歡玩格鬥遊戲，以前海程還待在宿舍時，他們會狂飆髒話，猛砸鍵盤，宿舍屋頂每次都差點被這兩個火爆學生掀起來。

現在剩下孝齊，他的音量已經不太會影響住在其他房間的同學，但是仍會讓同個屋簷下的均浩和逸飛無法專心。

「幹，這個廢物，是不是開外掛啊？」孝齊猛搥鍵盤，接著狂按空白鍵重新開始，遊戲音樂從他新買的音響裡炸出，他不喜歡戴耳機，所以整間房間都會聽見他電腦裡的遊戲聲。

均浩的台詞一直沒背好，默念又一直口誤，現在被孝齊的殺豬聲轟炸，他快要耐不住性子揍人。

「我打，我打，哈哈哈哈，再來啊，再來啊！」孝齊睜大雙眼，對著螢幕發出高音大吼。

均浩喝了口星星綠茶，緩和自己的情緒。

「吵夠了沒啊？」逸飛把正在讀的課本砸在孝齊身上，脖子上的青筋像好幾條蟲在爬。

想不到是逸飛先忍不住。均浩尷尬地看看孝齊，然後再看逸飛。

這件事當然驚動了宿舍警衛，幸好沒有演變成宿舍鬥毆，因為均浩沒有出拳，而是擋在兩人中間，還得到一個左臉的瘀青。

逸飛要求退宿，孝齊則是繼續住在宿舍，而海程仍然不常回到宿舍。宿舍警衛要求孝齊以後玩電腦必須戴上耳機，孝齊勉為其難地答應。警衛有詢問均浩要不要換房間，均浩怕孝齊沒面子，便說不用。

因為孝齊有時候也挺有趣的。

「太爽啦！」

均浩站起來大吼，接著發現宿舍周遭太過安靜，便趕緊坐回位子。

孝齊摘下耳機，湊到均浩旁邊看：「怎麼啦？」

「請叫我第二男主角。」均浩點開曉怡寄來的簡訊，在阿腸導演的電影開拍後，導演也持續在物色重要配角的人選，曉怡幫均浩拍了一支試鏡影片，阿腸導演決定把這個角色交給均浩詮釋。就在剛才決定的。

「唉唷，不錯嘛，」孝齊推了均浩一下，說：「那女主角就跟你更近囉。」

「對，我要趕快跟她說。」均浩把手機放在胸前開始打字，這下又有理由可以約蓓如出來了。

「喔齁喔齁。」孝齊露出色色的笑容，配著奇怪叫聲。

均浩越說越興奮：「現在我們就互相對戲，對到天荒地老就可以啦！」

21

「你不覺得大家去動物園看裡面的動物，是看牠的一種表演嗎？遊客看著動物們的生活型態，看著牠們的習性、互動，看著牠們演的生活戲劇。我們演戲時也一樣，完全投入其中，就像在過日常生活。」蓓如翻看著雜誌裡寫的一位動物園企業家的故事。

均浩放下手中的冰紅茶，搔搔頭：「我對演戲沒那麼有研究，不過拍攝時我肯定會盡力啦。」

咖啡廳裡裝潢樸素，米白色的牆壁相當整潔，客人們也都安靜地坐在各自的位子，如有聊天也是輕聲細語。

「我以為妳要約上次那個康樂中心練習。」

「那個地方不能再去了啦，警衛可能還記得我們。」蓓如喝了口熱可可，說：「而且是你要練習，我不需要。」

「是沒錯啦，不過為什麼約這？」

「我想先跟你說一件事。」蓓如的嘴角帶著淺淺的微笑。

均浩莫名地緊張起來，看著蓓如羞澀的表情，就算電影演第二男主角，只要現實生活裡是第一男主角就好了吧。

「謝維跟我告白了。」蓓如小聲地說。

均浩呆若木雞，他看著蓓如沉浸在幸福之中的臉龐。

從小到大，均浩沒嘗過與愛人相依的幸福，但他看得出來，蓓如現在得到了那份實實在在的幸福。

「然後我說好。」蓓如瞇著眼竊笑。

22

老媽說家裡洗衣機壞了，叫均浩幫忙去自助洗衣店洗衣。平常均浩會跟她討價還價，但今天他穿好外套，走到陽台，提起整桶洗衣籃，帶上鑰匙就出門。

洗衣機轟隆隆在運轉，均浩看著衣服和水形成的漩渦，像是在對自己進行催眠，幫助他轉移注意，可是他滿腦子都是蓓如和她的微笑，時不時又出現謝維那張討人厭的帥氣臉。

均浩坐在洗衣店的門口，肩膀下垂，有點駝背，沒仔細看，還以為他是失智的老人迷了路。

「王均浩，家裡洗衣機又壞啦。」曉怡的聲音從旁邊傳來。

均浩回神，擠出笑容：「這次是真的壞了。」

「什麼？」

「沒事。」均浩搖搖頭，把放在旁邊的洗衣籃拿起，空出一張椅子給曉怡。

最近天氣變化大，曉怡穿了一件厚厚的羽絨衣，配著一件深灰色棉褲，她坐在均浩身旁，說：

「恭喜你啊，選上主要配角了。」

「是第二男主角。」均浩假裝嚴肅。

曉怡噗哧一笑：「也可以這麼說啦。」

外套包緊緊的曉怡，沒有像上次那樣突顯出身材，均浩便注意到了曉怡的雙眼、小小的鼻子，和微微嘛起的嘴唇。

「要拍戲了，好像有點緊張呀。」均浩的笑容變得自然。

「放輕鬆！」曉怡用掌心輕輕拍均浩的手臂。

「那麼我原本的角色，有找到代替人選了嗎？」

「當然，別擔心。」曉怡皺眉，好像均浩問了個怪問題。

其實均浩只是怕不說話會冷場，他當然可以一直看著曉怡到天亮，但是為了不讓曉怡尷尬，所以他想到什麼就開口，免得整個自助洗衣店裡，只有洗衣機咚咚咚的聲響。

「洗完衣服，要去兜風嗎？」均浩突然想到。

沒有用。儘管身後載著漂亮而且工作認真的曉怡，均浩還是一直想到蓓如。

「好像有點冷耶。」曉怡的右手壓著頭頂上有點大的安全帽，左手則放在外套口袋，用暖暖包保暖。

「抱歉我沒車。」均浩當然有些不好意思，載著一個女孩，心裡卻想著另一個女孩。

「最近超級寒流來，不然我從小住這，十二月通常也不怕冷的。」

「我也是從小就住這附近耶。」均浩感覺曉怡的身體正在靠近他的背，可惜現在是冬天，不然曉怡的胸部與自己之間，不會有厚厚的外套阻擋。

曉怡笑嘻嘻的，突然把暖暖包放在均浩的脖子上，說：「注意保暖。」

「好暖。」均浩將車速放慢，這樣經過的風就不會那麼冷，雖然途中被汽車按了幾聲喇叭。剛好紅燈，均浩把機車靠邊停，那是他平常去游泳的地方。

「這裡我常來，所以我的身材才會這麼好。」均浩笑著回頭。

曉怡卻抓著均浩的外套，渾身在顫抖，她皺緊眉頭，呼吸變得急促。均浩從未見過有人看起來如此慌張，就像驚悚片女主角遇到壞人時的那樣。

「太冷了嗎？」

曉怡搖搖頭，勉強擠出幾個字：「我們回去吧。」

均浩雖然覺得奇怪，但也不方便多問，如果曉怡願意說，她會自己說的。

23

片廠的上方開了幾盞燈，攝影師看著畫面，與燈光師討論著。牆角的阿腸導演，正在指導蓓如還有謝維演戲，雖然均浩想保持紳士風度，但還是撇過頭，坐在休息區滑手機。工作人員都很友善，會一直問他需不需要喝什麼，或吃點簡單的東西，畢竟已經七點，但拍攝仍在進行中，還沒放飯。

均浩倒是不餓，而且他對試鏡偷吃便當被罵還心有餘悸。

片廠後方的休息區，旁邊堆了各式各樣的器材和美術道具，兩個年輕人過來整理拿取，戴鴨舌帽的聊到：「你知道謝維的秘密嗎？」

「不知道。」另一個亂髮小子聳肩。

均浩的耳朵早已豎了起來，他眼睛更加認真地盯著手機螢幕，卻仔細聽著鴨舌帽和亂髮小子在聊什麼。

「其實他跟很多女粉絲上過床。」

「真假？」亂髮小子差點把軌道車摔到地上。

「而且幹完還會要她們不能說，因為已經偷拍了她們的影片。」戴鴨舌帽的把帽子壓得更低：「真的是把女孩子們吃得死死的呀。」

「別說了，組長來了。」亂髮小子把成圈的線材扛上肩膀，再單手勾著軌道車，往攝影師的方向走去。鴨舌帽雙手各拿一盒裝迷你麥克風的箱子，加快腳步走去收音組。

均浩的手機螢幕暗了，他也懶得開，望向蓓如和阿腸導演，謝維還跟蓓如有說有笑，必須讓蓓如知道這件事。

可是均浩已經無法理性思考了，如果平常聽到某個歌手和粉絲做愛後用影片威脅，也許他只會笑一笑，罵歌手是人渣。但現在是整個劇組的事，還有關蓓如的幸福。

阿腸對於新人都很照顧，蓓如是女主角，但她也是第一次擔任電影主演。

「等一下就放輕鬆，沒問題的。」阿腸對蓓如說完，轉頭看謝維：「你我就不需要再提醒了，剛才的走位都清楚吧？」

「當然。」謝維雙手放在口袋，點頭。

「均浩，你怎麼過來了？下一場戲才會輪到你——」阿腸還沒說完，均浩就揍了謝維一拳。

蓓如大叫，阿腸急忙制止，均浩瞪著無還手之力的謝維，一拳又一拳，往謝維的臉上打去。工作人員很快就把均浩拉開，剛把晚餐拿進來的曉怡，也緊張地跑到均浩他們旁邊關心。

「你只會鬧事嗎？」阿腸吼得脖子都紅了：「你到底在幹嘛？」

均浩胸膛起伏，無話可說。

「我本來很看好你，甚至電影男主角你是第二人選，你演得真的不錯，雖然其他人有提出反對，但我還是要求把重要配角交給你詮釋。」阿腸的情緒逐漸和緩，他把剩下的事交代給曉怡。

曉怡跟均浩說話時，不敢直視他的眼睛。均浩不能繼續待在劇組，電影的第二男主角不再是他，當初戲分超級少的角色也沒得演。

均浩看得出導演的失望，也看見了導演的期望。但一切都無法挽回。

24

隔天均浩傳了簡訊，希望能跟蓓如解釋，但整件事看起來就是均浩無緣無故打了蓓如的男朋友。

蓓如沒回訊息，均浩便去電影院等待，蓓如平均一周進兩次電影院，均浩也只好碰碰運氣。

將近跨年，溫度下探五度，均浩縮著身子，坐在電影院外頭的椅子等。彷彿蓓如早就知道均浩會待在這，上去電影院前，她先直接走向了均浩。

「到底怎樣啦？」蓓如戴著毛帽和圍巾，但褲子只穿了熱褲加絲襪。

「妳男朋友……」均浩抬起頭，看著蓓如的雙眼，說：「他會跟女粉絲上床，然後偷拍她們的影片，再逼她們不准說出去。」

「你騙人。」

「我是說真的。」

「你騙人。」

「真的沒騙妳。」均浩想伸手抓住蓓如的手臂，但被推開。

「證據呢？」蓓如皺緊眉頭。

「我說的是真——」

「你為什麼想要拆散我們啊？」蓓如慢慢退開，眼淚快要被擠出眼角：「我又不喜歡你，我們分手對你也沒好處。」

蓓如轉身時，趕緊用手擦掉眼淚，小跑步跑上電扶梯。

均浩沒有想過，實話是如此的傷人，甚至這是他早就發現的事實，只是他不願意承認。蓓如不愛他，他早感覺到了。

25

宿舍裡剩下孝齊，海程和均浩不在，逸飛搬走的空床位也沒人補。

孝齊趁著宿舍沒人，拔掉了耳機線，將新購入的喇叭聲稍微開大，享受視覺與聽覺的雙重饗宴，雖然寒流來，但怕熱的他覺得現在氣溫剛好，而且宿舍如此寧靜，這是屬於他自己的時光。一個小時後，孝齊早已完全投入在遊戲世界中，一邊辱罵隊友，一邊用快手敲擊鍵盤。

「快，那邊有人，你在幹嘛啦！」孝齊哀號，宿舍門被打開，還好不是宿舍警衛來趕人，均浩把背包放著，一屁股就坐到床上。

「你回來啦？」孝齊轉頭後，又轉回去面向電腦螢幕。

均浩只想休息，但孝齊的遊戲音樂讓他頭痛。均浩閉著眼，嘆氣：「孝齊。」

孝齊看著電腦螢幕，嘴角在笑。

「安靜好不好。」均浩提高音量：「安靜好不好！」

孝齊停下轟炸鍵盤與滑鼠，他轉頭看均浩，而電腦螢幕顯示輸掉遊戲的字樣，他歪頭：「你怎麼啦，心情不好？電影不是剛開拍嗎？而且你還跟蓓如有對手戲，有沒有偷吃豆腐呀？」

「閉嘴啦！」均浩聽見蓓如的名字，就沒了理智，他對著孝齊罵：「狗改不了吃屎，豬改不了變肥。」

孝齊的眼淚撲撲簌簌，說著自己早就想減重，而且一定能辦到，隨後，他把宿舍的房門甩上，留下均浩一個人。

實話總是傷人的。

他們的友情還沒紮根，就先枯萎了。

26

運動讓人放鬆。均浩通常只覺得運動完很累，當天也會很好睡。只是他剛才游了五千公尺以後，差點就把蓓如忘了。

雖然走進游泳池的烤箱，他又開始想她。不過游泳確實有效，因為你累壞了，所以沒有力氣悲傷，只想睡個好覺。

均浩起身，木板上留下了汗水與池水的痕跡，水滴從身上滑落，他調整呼吸，推開烤箱門。營業時間快要結束，均浩手捏著泳帽擠出水，上樓梯前，他閉上雙眼，聆聽泳池的水聲，沒有玩耍的吵鬧聲，只有水波的流動，他用水將瀏海往後撥，是自稱帥哥的他慣用的耍帥伎倆。

只是他沒想到，又會在這遇到那個變態光頭大叔。

明明光頭大叔說過一周頂多來一次，哪有這麼巧的，一直遇到他。

均浩站在更衣室的門口，光頭大叔轉身時，看見均浩就揚起微笑。

光頭大叔的臉被上次的熱水燙傷，沒錢買藥的他，傷口太癢被自己抓到破皮，現在還會滲血，為了避免滑倒，他彎著腰，用小碎步跑向均浩。

「你不要過來喔。」均浩指著仍朝自己前進的光頭大叔。

「我不會再這樣了，我想懺悔。」光頭大叔從口袋拿出一張照片，是那種用舊手機洗出來的相片。

「關我什麼事？」均浩將手舉起，光頭大叔在他面前停下。

光頭大叔把摺過的照片拉撐，說：「你看，這是我當時拍的，本來想留紀念，現在我要把它撕掉了，跟它正式說再見。」

均浩有些恍惚。當年二年級同班同學小嘟遇到的事，加上後來三年級自己回家時被遊民痛打搶劫，這些事都給他帶來了陰影。

性侵犯和遊民，眼前這個男人兩者皆是。

遊民當然不能以偏概全，而性侵犯也不能只是貼標籤，當然，他們確實都以暴力強迫受害者。均浩的手止不住顫抖，他正眼看著光頭大叔，說：「當初我因為你是遊民而亂打你，是我的不對。」

「沒關係，你肯原諒我就行，我已經變成好人了。」光頭大叔露出滿口黃牙和欣喜的微笑。

重點是他們到底做了什麼。均浩現在知道了。

「抱歉，這件事我不能原諒你。」

27

收工後，曉怡傳簡訊關心均浩。他們約在常遇到的洗衣店附近，一家賣麵的小吃攤碰面。

「來，我已經幫你點好了。」曉怡穿著橘色的羽絨外套，在白色燈光下，亮色系的服裝帶來了心頭的暖意。兩碗肉燥麵冒著熱煙，旁邊還有一盤切好的滷味，都是曉怡愛吃的，有滷蛋、海帶、豬大腸，還有百頁豆腐。

均浩的微笑淺淺的，眼角有點淚痕。

「妳認識我嗎？」均浩坐下後，第一句話就讓曉怡聽不明白。

「算吧。」曉怡幫均浩拿了雙筷子。

「我是想問，妳記得我嗎？」均浩接過筷子，但只是橫放在肉燥麵上。

曉怡一愣，總算是了解了均浩的意思。她也在等待均浩發現，或是哪天變得更熟了，就可以說出這件事。

「其實我是後來才想到的，你一開始打電話說要來試鏡，我也沒有想起，你就是王均浩。」

「曾婷芳。」

「你記得我的名字？」曉怡改過名字，在國小二年級，發生那件事之後，爸爸帶著她搬家，換了學校，也拋棄了與這名字有關的一切。小時候她噘起的嘴唇被親戚說像是時時在嘟嘴，因此有了小嘟的綽號。奶奶不想搬走而留下，現在曉怡因為拍片而回到這座城市，與奶奶住在一起。

「我記得，妳很可愛。」均浩歪著眉毛。

曉怡眨眨眼，用懷疑的神情看著均浩，想了想後開口：「我記得，你是個很有正義感的同學。」

「之後遇到的事，讓我變得愛捉弄別人。」

「難怪你這麼愛打架。」

曉怡笑了，均浩不能否認，兩人的肉燥麵都要涼了，但是他們都還沒開動。短暫沉默後，均浩才又說話。

「妳還好嗎？」均浩看著曉怡：「轉學之後。」

「嗯，一切都很平凡。直到去年七月份，高三畢業準備升大學，我和同學去淡水玩，遇到了阿腸導演，他問我要不要演戲，我拒絕，但是他說我一定能幫上大忙，便把我拉進劇組。」曉怡說得眼睛發亮：「現在我休學，決定先在業界工作，也不知道，這樣是壞是好。」

「妳做得很好，又會把握機會，像我的演戲機會就泡湯了。」

「抱歉，不該提這個的，找你吃麵就是要你忘記煩惱。」

「曉怡，妳喜歡我嗎？」均浩注意到曉怡一直飄開的雙眼，便脫口而出。避開視線是只有害羞才會出現的舉動。

「什麼？」曉怡搖頭：「沒有啊。」

「我開玩笑的啦。」均浩趕緊拿起肉燥麵，一下子就把食物塞入口中，免得自己再亂說話。他把肉燥麵吃完，又解決半盤滷味後，起身說：「那我先走囉，要趕宿舍的門禁。」

均浩提著泳池的背包，把大衣的拉鍊帶上，和曉怡揮手後，往前方的行人穿越道走去。

曉怡拿起筷子，眼淚滴答落在冷掉的肉燥麵上，她用筷子夾起小口小口的麵，慢慢送進嘴裡，淚水和鼻涕都和進了湯汁，但她也不在意。麵攤老闆忙著招呼其他客人，曉怡獨自坐在四人桌，有別的客人想併桌，發現曉怡在哭，就趕緊換別的位子。

在國小同班時，就已經喜歡上均浩了。大概吧。

謝謝你古怪的幽默感，謝謝你的偶爾尷尬，謝謝你帶來的充沛活力。

我沒有趁剛才的機會告白。

剛才算是個機會嗎？

或是要從再次相遇後一直保持的那樣，假裝不愛你。

CH2 倒在那家速食店

1

大學一年級是新鮮人。大學四年級在某個程度上來說，可以稱為腐爛人。這也不是什麼貶低唱衰，而是一個事實，就像任何食物放太久都會壞。

現在提到的這位大四學生，就是另一回事了。他看起來充滿活力，大學的乏味生活沒有像摧毀無數學生那樣摧毀他，而是把他變得更好。如果三年前你說他會變成現在這樣，沒有人會相信。

陳孝齊，二十一歲，身高一七五公分，體重七十六公斤，體脂肪十五％。剛升大學時，他體重破百，整天待在宿舍打電腦。

現在他牽著可愛的女友嘉青，穿梭在海灘派對擁擠的人潮中。剛才兩人才看過日落，還來過一次舌吻，要不是因為大庭廣眾下，慾火焚身的孝齊早就忍不住。

孝齊只著一件海灘褲，面帶笑容，手裡拿著一瓶啤酒，臉頰泛著紅色。身穿兩件式比基尼的嘉青也有些微醺。海灘派對的燈光閃爍，眾人在音樂中搖擺，對比周圍都已關燈熄火，此時的海灘派對更顯熱鬧明亮。

「其他人呢？」孝齊大喊。

「我也不知道！」嘉青搖搖頭。

因為現場太過盛大，兩人都得扯開嗓門對話。不久後，孝齊就要出國念書了，為了好好道別，特地選了這場盛大的海灘派對，要大家一起玩得盡興，而且就要畢業了，未來也不知道能不能常見面。

孝齊親吻嘉青的臉頰，手輕輕摸了嘉青的胸部一把。

「你幹嘛啦！」

「想摸一下呀。」

「別人會看到。」嘉青皺著眉頭，繼續往前走。

孝齊趕緊道歉，然後跟上嘉青，又再次牽她的手，嘉青柔軟的掌心，怎麼牽都牽不膩。

同行的另外兩人在遠處招手，一個是嘉青的室友諭晴，另一個是系上的學弟。學弟在讀高中時就和孝齊認識了，他們在酒吧認識的。第一次遇到時，學弟還與孝齊當時的室友起了衝突，學弟甚至還未滿十八。後來學弟成年後又去了趟酒吧，第二次遇到孝齊，大夥聊著天，學弟說孝齊讀的大學是他的第一志願。隔一年，學弟就變成學弟了。

學弟去年還戴著大大的黑框眼鏡，後來去眼科做了雷射手術，被取了一個叫做「雷射」的綽號。

雷射想要追諭晴。從雷射大一時，孝齊就對他很照顧，和朋友去外縣市旅遊時，也時常問雷射要不要參加。後來孝齊和嘉青交往，偶爾還是會約雷射出去玩或是吃飯，嘉青和室友諭晴很要好，所以也帶上了諭晴。諭晴比嘉青大一年級，本來是學校宿舍抽籤成了室友，後來一起搬出去找房子住。

「你們剛剛偷偷去哪呀？」孝齊眯著眼，對著諭晴還有雷射笑。

「不要亂說話啦。」嘉青和諭晴異口同聲。

孝齊對此也不大驚小怪了，不認識他們，會以為嘉青和諭晴才是情侶。

海灘上架起的舞台在前方二十公尺，高級音響讓音樂傳遍整個派對，許多人跟著節拍用力點頭。

嘉青用手輕拍孝齊的手臂：「快點，我們擠去前面聽音樂！」

說到音樂，孝齊也得感謝雷射，雷射說自己去了某個新樂團的音樂會，遇到了很多正妹，所以孝齊後來也去了，還因此認識了嘉青。接著兩人情投意合，約會兩次就交往，當時孝齊已經瘦身有成，但嘉青說外貌和身材一直都不是重點。雖然是有加分。

「你們要喝嗎？」雷射從旁邊的推車拿了四瓶冰啤酒。

孝齊接過啤酒，唰地打開：「你都已經拿了。」

「謝囉。」諭晴把啤酒握在手心，感受它的冰涼。

雷射跟在諭晴身後，諭晴穿著深藍色底的比基尼，上面的圖案是白色的葉子形狀。雷射盯著諭晴的屁股，股溝夾著比基尼泳褲而線條明顯。

擁擠的人潮讓他們寸步難行，雷射卻也藉此有多次機會用手背碰觸到諭晴，他每次不小心碰到，都會假裝喝酒。這些孝齊都看在眼裡。

孝齊用身體擋住嘉青的視線，舉起冰酒瓶敲了敲雷射的背，對他微笑。看來今天肯定會玩得很瘋。

2

一名中年男子揹著破爛行囊，臉上蓄滿了鬍子，因此看不清楚他的外貌。男子走進速食店，沒點餐就上樓，他找了角落的位置坐，倒頭就睡。

沒多久，二樓的坐椅幾乎坐滿，只有中年男子旁邊的兩三桌位置是空的。經過中年男子的人，都聞到他身上幾天沒洗澡的汗臭，紛紛快速通過。

其中一桌五位高中生，一坐下就把五包薯條全倒在宣傳紙上，推成壯觀的薯條山。有人開始拍照，也有人抓起薯條就吃。

一個小朋友走到二樓走廊深處，結果他哭著叫阿公過來，因為廁所門口掛了清潔中的牌子。

廁所裡的阿泉把拖把靠牆放著，身上的員工制服都弄濕了，剛才終於把客人留在馬桶外的屎給沖了乾淨，打工這麼久，頭一次遇到這麼噁心的情景。今天就要向老闆提辭呈，平時打工賺錢，是為了賺取上大學的學費。雖然父母總說不必擔心錢，一切都交給他們，但是阿泉知道，父母的存款並不多，而且還要支付爺爺住在長照中心的開銷。

學測前阿泉就在打工，也沒放掉課業，他錄取了喜歡的學校，並且存夠了錢，這是他夢寐以求的機會。想到這，阿泉不禁心情愉悅起來。

阿泉推開廁所門，小朋友急忙衝進去尿尿，令人頭痛的是小朋友太矮，尿都灑了一地。阿公把小朋友抱起來時，小朋友也尿完了。

看來遞辭呈前還沒有那麼順利。阿泉預計今天的工作都告一個段落之後，再跟老闆說，這樣才不會被老闆覺得自己整天都在想著辭職，事情都沒做好。

阿泉把方形垃圾桶的門打開，拉出裝滿的垃圾袋，把清潔手套戴上後，稍微做了資源回收，然後將垃圾袋綁緊。他拿起兩大袋垃圾時，看見老闆從一樓上來。老闆指著那個渾身發臭的中年男子：「阿泉，把那個人趕走。」

阿泉愣了一下，老闆平常是不會趕客人的，雖然這位先生也沒有消費，還算不上是客人。

「好……」阿泉將收垃圾的動作放慢，藉此拖延時間，但是垃圾袋根本都已經綁好了。

「快一點。」老闆又拍了拍他。

阿泉只好先把垃圾放一旁，走到中年男子的旁邊。

「先生不好意思。」阿泉保持親切：「你、你沒點餐的話，我們可能要請你到別的地方休息……」

「那幫我隨便點個可樂。」

「啊？」

「快點啊。」中年男子舉起手，滿是髒污的手上，有一枚十元硬幣。

「這樣，不夠買一杯飲料。」阿泉面有難色。

一位老先生走到阿泉旁邊，說：「我幫他買好了。」

老先生輕輕拍了拍阿泉的手臂，拖著蹣跚的步伐，往下要走到櫃檯點餐。阿泉看了看還趴在桌上的中年男子，又往回看著老先生下樓的背影。

阿泉皺眉，在沒被客人發現的情況下，偷偷嘆了口氣。

3

「回家小心。」孝齊搭著嘉青的肩，微醺的他，站在速食店門口對著雷射和諭晴揮手。剛才派對結束，他們又去了超商買酒續攤，不然孝齊通常酒局下半，都還站得挺直。

「出國愉快。」雷射微笑，他手上拿著機車鑰匙，可能是因為將近凌晨，諭晴不敢搭計程車，所以答應讓雷射載她回家。雷射只喝一瓶啤酒，就是為了保持清醒。

孝齊穿著橘色海灘褲配黑色背心，嘉青一身白短T和極短褲，讓身材更加突出，兩人走進速食店時，店員就猜到他們是從離這不遠的海灘派對過來的。

拿著托盤的孝齊，小心翼翼地走上樓梯，感覺飲料杯比平常還更搖晃。嘉青伸手偷拿薯條，孝齊差點把整個套餐都翻倒。

「應該是妳拿吧。」孝齊皺眉：「不然，我感覺頭昏昏的。」

「誰叫你要喝那麼多，所以才讓你來這休息一下，絕不能酒駕。」

「那可能要明天才能走了。」

「愛喝！」嘉青拍了孝齊的手臂。

子坐下。

孝齊嚇得眼睛瞪大，幸好可樂仍穩穩地站著，他們來到二樓，位置非常多，就找了位在中央的椅

這家速食店只開到兩點，營業時間剩下不到一小時。員工阿泉正在做最後的拖地，其實平常這個時間，早就沒有客人了，所以阿泉可以好好完整清潔。現在只能在客人離開前，先稍微用沾濕的拖把在二樓來回走動。

中年男子還睡在同一個地方，旁邊多了一杯半滿的碳酸飲料；老先生則坐在本來就待著的沙發區，手裡拿著小杯的可樂；剛來的孝齊和嘉青，正在共享一份套餐，其實他們沒有很餓，只是太熱，想喝點涼的。

看著剩下的客人桌上都有一杯飲料，阿泉也感到口乾舌燥，下班前一定要裝杯飲料回家。

其實老闆對員工不錯，而且薪水比連鎖的速食店要高，阿泉才選擇在這工作。老闆規定，只要工作完成，每天都可以帶點吃的回家，午餐、晚餐、消夜，看你下班時在哪個時段。

其實老闆也是個特別的人，阿泉記得當時來到速食店應徵，也是他人生第一次打工，進去老闆辦公室，老闆後方櫃子的音響正在播放小河緩緩流動的聲音，沒有旋律，只有細細的流水，讓人聽得放鬆。每次想起來，都覺得有趣。

4

「您好，請坐。」老闆起身，還禮貌地跟阿泉握手。

阿泉那時高二，他才剛上完第八節課趕過來，老闆知道他要上課，問他要不要晚點面試，為了顯示自己早到的習慣，阿泉仍然跟老闆約了五點半。

坐得端正的阿泉，等待著老闆提問，開始今天的面試，但是老闆卻講起自己和這家速食店的淵源：「從小我家就是開餐廳的，賣的是中式合菜，可是每次我去幫忙，都覺得客人吃好久，而且聊天聊得像在自己家，以為服務生都不用收店，所以我就想像著要開一家可以吃得很快的店。你猜，結果怎麼樣？」

「就是這裡。」阿泉小心地說。

「沒錯。當然，頂呱呱、麥當勞、丹丹漢堡……其他許許多多的速食店給了我靈感，而我走出了自己的風格。不過想起來就好笑，第一天開幕我就發現，光顧我速食店的客人，待得比吃合菜的客人還久。」

「那倒是。」

「有人甚至買一包小薯條和牛奶，就在這待了一天。」老闆叮嚀：「不過，你以後在這工作，如果有人霸占位子不買東西，就得提醒他們囉。」

「啊，好的。」阿泉一愣，現在是錄取了嗎？

老闆打開旁邊的冰箱，拿了兩罐飲料出來，遞給阿泉一罐，說：「這是我們店的招牌，你喝過吧？」

鋁罐上的圖案是金黃色的飲料幻化成一對翅膀，淺藍色的底就像是讓你展翅翱翔的天空，飲料的名稱叫「飛八——碳酸飲料」。阿泉伸手拿起飲料喝了一口，冰涼滑順又消暑。

「當然喝過，超好喝。」阿泉把冰凍的飲料放在桌上，仔細欣賞罐身的圖案，罐身的水珠正緩緩滑落。

「現在它有屬於自己的品牌特色了。之前有個超商店長喝了覺得很棒，知道這是我們店獨賣，就建議拓展這飲料的通路。我規畫半年，找人設計罐身，不久後準備在便利商店上架。」

阿泉靜靜聽著老闆分享創業的艱辛，不知不覺就聊了一個鐘頭。中間阿泉差點睡著，畢竟上了整天的課，體力已經流失大半，不過以後要習慣這樣的生活，老闆讓他一周選三天平日，和一天假日來上班。

老闆從櫃子裡拿出一箱「飛八」，拆了六罐遞給阿泉，說：「你拿回去分享給同學們吧，記得要放冰箱喔，順便請他們常來用餐，哈哈哈。」

阿泉有些不好意思，但是老闆扶他起身，把飲料塞進他的書包。阿泉離開前，老闆順便問阿泉：「我創立這家店也已經二十年了，你覺得這家店會開多久？」

「不知道。」阿泉本來想說幾十年，但覺得太誇張，而且他真的沒有想法。

「我也不知道，我只知道一件事。」老闆雙手抱胸。

阿泉站在門邊，等待老闆開口。

老闆看著窗外的景色，城市的燈火點綴著漆黑的夜。

「與眾人分享，才能細水長流。」老闆許久才開口。

5

孝齊咀嚼著漢堡，吸吮手指的醬，滿足地瞇起眼微笑。

嘉青拿起衛生紙幫孝齊擦嘴：「你很髒耶。」

「好啦，我去洗手。」孝齊用手捏捏嘉青的臉頰，起身走去廁所，只見廁所門被推開，那名渾身發臭的中年男子搔搔頭走出來。孝齊刻意避開，但是走廊就這麼大，中年男子又低著頭行走，因此身上披著的破爛襯衫，不小心碰到了孝齊的手臂。

「幹，你碰屁啊！」孝齊對著中年男子大吼。

中年男子望著他，沒有回嘴，但也沒打算跟孝齊道歉。

孝齊仔細瞧著中年男子，似乎有點面熟，但這傢伙有半張臉被鬍子擋住，另外半張臉因為沒清洗而黑成一片。

「你啞巴啊？」孝齊捏緊拳頭。

「我沒碰到你啊。」中年男子皺起藏汙納垢的雙眉。

嘉青趕緊跑過來，要拉孝齊回位子，孝齊卻動也不動。

女友在這兒，可不能丟了面子。

孝齊推了中年男子一把，說：「要單挑是嗎？」

「沒有啊。」中年男子的聲音上揚，露出滿臉疑惑。

沙發區的老先生微微起身，但還沒向前勸架。而站在窗邊，手裡還拿著拖把的阿泉，還待在原地觀望。

看著中年男子不想起衝突，孝齊變得沒台階下，只好繼續挑釁：「你知道自己很臭嗎，他媽的從廁所出來怎麼不去洗澡。」

「好了啦！」嘉青拉扯著孝齊，但孝齊仍然不走。

「隨便。」中年男子側身，往原本的位子走去。孝齊瞪大眼睛，向前踏步，順勢用力把中年男子推倒。

匡啷，中年男子撞到桌角後摔倒在地。

「快點走了啦。」嘉青用生氣的眼神看孝齊。孝齊咒罵中年男子幾句以後，牽著嘉青往樓下走去。

老先生趕緊來到中年男子旁邊，阿泉也拿著拖把慢慢靠近。

中年男子有些耳鳴，血從他的後腦勺流出，散發腥味的濃血，把方形的深灰色地磚，染上了一片鮮紅。

6

接近畢業典禮，許多同學也因為已經考上大學，做了請假的動作，教室現在人不多，但仍然鬧哄哄的，同學們湊到阿泉的桌子旁邊。

阿泉坐在自己的位置上，面色凝重。

「家泉，新聞是真的嗎？」坐隔壁的淑芬皺眉。

「我不太看新聞。」阿泉聳肩。

旁邊的小朱開口：「你工作的速食店啦，有流浪漢死在那？」

阿泉陷入沉默，小朱拍拍他的背，說：「新聞都已經報了，別裝了啦，事情到底怎樣？」

其他圍著阿泉的同學們也叫他快說，面對大家的逼問，像是在面對媒體記者的採訪。他已經受夠昨天的記者提問了。記者不知都從哪裡得到消息，動作迅速的他們，事情發生在凌晨，睡醒之後，早上八點就通通跑來速食店採訪，現在又要面對好奇的同學們。

「講一下又不會死。」小朱戳了戳阿泉的背。

「他、他就突然死了啦。」

小朱突然愣住，隨即擺出怪表情，笑了出來：「他就突然死掉了，哈哈哈。」

「欸別開玩笑。」淑芬用手肘推了小朱一把。

小朱發現阿泉正在瞪著他，眼神兇狠。隨後阿泉眨眼，搖搖頭，用手拍臉讓自己清醒。

「抱歉，我只是壓力有點大。」阿泉從書包拿出「飛八」請同學們喝。

「沒、沒事啦。」小朱展開笑容，接過飲料，邊開邊說：「你上次不是說因為上大學要準備提辭呈，現在怎麼辦。」

阿泉無奈地喝起「飛八」，想讓煩惱飛走。

只是，如果事情有這麼簡單就好了。

鐘聲響起，其他同學回到自己的位置上，阿泉看了下手機，卻發現又多了幾則相關的新聞。文章寫著，有人傳說速食店的老闆想把事情壓下來，現在有更多線索，報社將會全力，且持續追蹤。

這下早該遞出的辭呈，不知該什麼時候提才好。

7

鄰居的狗在外面鬼叫，主人也不管，孝齊用力關上窗戶，坐回電腦前，盯著網路上的新聞片段，記者站在速食店門口，報導著裡面有遊民猝死的事。據傳目擊者只有四位，打掃員工、一對情侶，和一位老先生。

奇怪，這家速食店不就是那天海灘派對、酒局下半後，為了等待酒氣消散，和嘉青一起去的速食店嗎？

孝齊轉頭，看了看還躺在床上，睡得很熟的嘉青。

已經過一天了，警察、記者目前都沒有聯絡孝齊，所以孝齊很懷疑新聞說的情侶，到底是不是自己和嘉青。

孝齊的心跳快得像心臟要衝破胸膛，雖說中年男子被自己推倒在地，但是也不至於……

「怎麼啦，什麼新聞呀？」嘉青揉揉眼睛。

「妳醒啦。」孝齊擠出微笑。

嘉青把小可愛的肩帶拉好，從床上跳下來，走到孝齊旁邊時，孝齊咚地把電腦螢幕關掉，說：「走，我們去吃午餐吧。」

孝齊把雷射一起找來，嘉青也約了室友諭晴，雖然她們是室友，但是嘉青有時會睡在孝齊租的房間，諭晴只好自己顧家。儘管諭晴有點怕孤單，仍然沒讓說要陪她的雷射去家裡坐。而且，那天他們與孝齊、嘉青在速食店道別後，雷射載諭晴回家，諭晴在家門口正式拒絕了雷射。雷射還哭著哀求，諭晴安撫雷射後，假裝身體不適而趕緊進去屋內。

嘉青與諭晴結束通話，她責怪孝齊帶諭晴認識雷射那個怪咖。

「妳不是也跟雷射處得不錯？」孝齊也才剛掛電話。

「那是你。」嘉青轉頭。

孝齊只好傳訊息，騙雷射說臨時有事，所以午餐取消，但是約了他下午在系上碰個面，想把速食店的事告訴他。

可是孝齊卻遲遲沒有告訴當時也在現場的嘉青，直到他們到了義大利麵餐廳，嘉青打開手機看見新聞，才說：「是那家速食店出事耶。」

「對啊。」孝齊塞了一口肉醬義大利麵。

「你早上就是在看這個新聞吧。」

「沒有啊。」

孝齊不知道自己幹嘛騙人。他們差點吵了起來，而隱藏的火苗，也很快就會變成大火。

8

這位老先生獨居，平時早上會到公園散步，中午會到墓園看老朋友，晚上會去速食店，不一定會點漢堡，但都會點一杯可樂喝到午夜才回家。

記者詢問著老先生當時速食店發生的事，老先生卻帶記者參觀他住的家。老先生的公寓有點老舊，還有點髒，他表示自己並不喜歡這間公寓，反而喜歡待在外面，喜歡跟路上遇到的人說話。

「聽說您是目擊者，想請問當天您看到了些什麼？」記者手上拿著麥克風。但是老先生慢慢走著，又帶他們到了墓園，路上講了很多無關緊要的事。

「我已經幫他找好住的地方了。」老先生微笑，坐在樹下的石椅上。

「您說的是速食店那位先生嗎？」記者舉起麥克風。

「嗯。」老先生一邊點頭，一邊起身往街道走。

記者朋友們開車，老先生帶他們來到事發的速食店，幾個記者互相點頭，暗示今天要有更多好報的新聞了。

只是他們一到門口，就被速食店老闆趕走，說今天沒營業。

但是記者們總會想到一些故事的。

「所以你真的殺了他啦？」雷射瞪大眼睛。

「殺你個頭，新聞都寫他是猝死了，跟我推他應該沒什麼關係吧。」孝齊雙手靠在牆緣，望著整座校園。

「這，這不好說。」雷射抓頭。

孝齊只是覺得，真相都還沒大白，而且也沒人來調查，一切都是新聞在講，現在媒體腐敗，假新聞這麼多，不該輕易相信任何報導。

「可是你就是相信了，才會來找我。」雷射一語道破。

這讓孝齊有點難堪，他便說：「你就是長太醜，所以諭晴才不接受你。」

雷射激動得快要落淚，孝齊也還在氣頭上，兩人雖然沒有出手毆打對方，但也沒有講開。雷射按了電梯，說自己要走了。

站在原地的孝齊搖搖頭，翻白眼，都要出國讀書了，還遇到這種鳥事。

9

林志崇，四十九歲，速食店老闆。現在多數人都認為老闆想把事情壓下來，還有篇文章，捏造老闆是超級有錢人，在社會上橫行霸道，而且還呼風喚雨。

速食店的鐵門拉下，志崇獨自坐在廚房裡的塑膠椅，頭上開了一盞燈，但室內還是很暗。喀啦。阿泉打開後門，背著書包的他剛下課，他和志崇打了聲招呼。

「阿泉，你今天先回去吧。」志崇說：「避避風頭。」

「沒關係，我想幫忙。」阿泉把書包放下。

「可是我都貼休息一天了。」志崇起身，把椅子放到牆邊，順便打開全燈：「不然你幫我清點庫存吧。」

昨天早上，媒體在速食店後門堵到阿泉，在記者的反覆追問下，阿泉透露「有人打了中年男子」，也讓媒體們對此事更有興趣。志崇並不怪阿泉，畢竟他還是個高中生，自己也已是中年，面對工作上遭遇的問題，不該全推給員工。

只是志崇本以為頂多報導一周，結果媒體突然下猛藥，在撰文裡寫那位遊民很有可能是被打死的。這讓速食店的生意越來越差，一開始，媒體詢問志崇能否接受採訪，志崇果斷拒絕，也許，這是媒體的報復。

「反正他們也從來沒想報導真相。」

志崇的頭髮白了許多，鬍子也幾天沒刮，他雙手插腰，從速食店的二樓，看著窗外幾個正在守株待兔的記者。他們也不打算躲藏，一人手上拿著麥克風，另一人肩膀扛著攝影機，無論如何就是要採訪。

坐在旁邊的阿泉也知道真相，他只覺得奇怪，志崇為何沒問他，當天究竟發生了什麼事。因為，志崇知道中年男子為何而來。他早就知道了。

三十年前，志崇和德凱是大學同學。

泡沫紅茶店裡，點唱機播放著歌曲，各桌都坐滿了客人。

「你以後真的要拍電影啊，那怎麼讀工程？」志崇低頭，大口吸了桌上的珍珠奶茶。

德凱用吸管在泡沫紅茶裡攪拌，然後抬頭：「那你呢，你不是想賣吃的？」

「我是讀興趣的啊！」志崇笑著，珍珠差點從嘴裡滑出。

德凱也不禁笑了出來。

沒交到女朋友的他們，時常一起打麻將，或是去看電影，每次去舞廳，則是都沒什麼女人緣。

只是畢業後，兩人都各自選了想要的職業，也漸漸沒了交集。雖然志崇的電話簿記滿了全部同學的電話，但他開了速食店，生意蒸蒸日上，買了新房，才發現很多學生時代的東西都被媽拿去回收了。

倒是德凱畢業五年後，拍了部賺錢的電影，開始有許多案子邀約。志崇有去電影院欣賞德凱的作品，但沒有聯絡到他。然而，在德凱拍出一部慘賠的電影之後，他的收入掉到谷底，沒有人敢再找他。

四年前，德凱聯絡上了志崇。

「好久不見。」德凱張開手。

「實在太久啦！」志崇給了德凱一個大力的擁抱。

從前都約泡沫紅茶店，現在則是在一間簡樸的咖啡廳碰面。

「我最喜歡你店裡的炸雞。」德凱放下手中的黑咖啡：「還有飛八。」

「好眼光。」志崇不愛喝咖啡，但仍點了杯拿鐵，他喝了一口，說：「最近沒有新作品？」

「說來話長。」德凱面有難色。

當天，志崇就說要投資，畢竟他的速食店也已經算是小有名氣，除了家裡的生活費，自己當然也有些積蓄。

德凱不好意思直接收錢，志崇就以借的名義匯了一百萬元的款，加上德凱抵押的房子，電影資金就全到齊了。只可惜最後以失敗收場，老婆和德凱離婚，德凱因此流落街頭。

本來志崇只是笑笑，當作自己投資失敗，德凱卻開始時常跑來借錢，說要是沒錢自己就會餓死。

德凱把那些錢拿去賭博，他急著想把失去的所有賺回來，卻只是失去更多，最後，連志崇這個朋友也失去了。

事情發生的前幾天。渾身髒兮兮的德凱又出現在速食店的後門。

「阿陽，你別再來了。」志崇神情嚴肅：「我知道你都把錢拿到哪去，現在沒有人能救你，懂嗎？」

「拜託，兩百塊就好……」德凱的眼淚滴答落下：「我真的好餓。」

志崇用手按壓太陽穴，接著推開德凱：「滾吧。」

德凱伸出顫抖的雙手，又再次被志崇推開。

志崇把後門鎖上，透過紗窗看著德凱離去，志崇因為太生氣，所以沒說的是，只有你能救你自己。

10

雷射蹲坐在自己的機車旁邊，不時抬頭偷瞄女生的裙底或是大腿。現在大熱天的，有些人穿著熱褲，還看得到她們的屁股蛋。

「妳昨天跟男朋友去哪裡玩啊？」

「我們去看電影而已，絕對沒有幹嘛！」

兩名剛下課的高中生並肩走過，雷射把頭壓低，但視線往上。

雷射就像那些從大一升學到大四的學生，除了經歷重複機械化的生活，而且慾望與痛苦也不斷折磨著他。每個人的慾望不同，雷射的慾望，是想得到諭晴；每個人的痛苦也不同，雷射的痛苦，是因為得不到諭晴。

雖然烈日高照害得雷射的臉上不斷滴汗，幾顆汗珠從下巴墜落在地，不過剛才經過的一位熟女，那個小麥色的雙腿真是美麗動人。雷射平常這個時候，應該是跟孝齊、嘉青，有時還有諭晴，一起在咖啡廳聊天才對。

暫時沒人經過，雷射拿出手機隨意滑著，最近速食店的新聞還在延燒，孝齊的身分不斷被揣測與胡謅，活該，誰叫孝齊要亂推人。

「不過那個流浪漢也是廢物，拍電影賠錢還借錢去賭。」雷射聳肩，把手機收好，繼續抬頭等待欣賞風景。

一旦陷入固定的模式中，生活的一成不變就會將你腐蝕，也許雷射還不像無家可歸的德凱，但是德凱剛開始也像雷射這樣，絲毫沒有察覺自己的麻木。

諭晴和嘉青待在家，她們坐在客廳的沙發上，嘉青雙腳放在胸前，雙手圈著腿，愁眉苦臉：「孝齊最近都不再陪我，只是整天打電動。」

「也許你們有什麼事情沒說開？」諭晴把手輕輕放在嘉青的手上：「時間會證明一切的。」

「唉，早知道不該跟年紀大一歲的交往，他大四就要畢業。我才剛要忙畢業專題，他就已經去國外讀研究所了。」

「妳喜歡他的話，就不要想太多，好好珍惜剩下的時光。」諭晴望著嘉青，揚起微笑，說：「去吧，我一個人在家可以的。」

在嘉青和孝齊交往前，諭晴和嘉青天天膩在一起，現在她們的感情仍好，但是諭晴終究習慣了自己一個人的生活。

而嘉青也習慣了有孝齊在身邊的生活。

「諭晴，謝謝妳。」嘉青捏著諭晴的手，起身：「今天又要麻煩妳顧家了。」

諭晴點頭，拍拍嘉青的大腿，要她趕緊出門。

嘉青不知道孝齊去了國外，兩人的感情會變得如何。

然而，時間並不會證明他們是否能走下去。

時間只是在拖延一切。

「射他，射他，吼，你到底在幹嘛？」孝齊敲擊著鍵盤，遊戲裡的槍聲大作，害得嘉青想睡覺都不能睡。

嘉青從床上坐起，大喊：「欸，你很吵耶，喂！」

「幹嘛？」孝齊語帶不悅，然後又轉頭看回電腦螢幕裡的狙擊目標。

「我要睡覺。」

「那妳就睡啊。」

「你這麼吵我要怎麼睡？」

「那妳就回家睡，這是我家耶。」孝齊連看都沒看嘉青一眼，只是顧著點擊滑鼠和敲打鍵盤。

嘉青拿起枕頭朝孝齊丟去，正中了孝齊的腦袋。

「妳白癡喔！」孝齊把枕頭摔在床上，兩顆充滿血絲的眼珠子盯著嘉青看。

嘉青有點被孝齊可怕的表情嚇到，但還是提高音量：「不然分手啊。」

孝齊用力搥了鍵盤一下，他指著嘉青：「我幾天後就要出國了，妳不能讓我好好休息一下嗎？我玩個遊戲會死啊？」

「你明明就在擔心速食店的事。」

「我能不擔心嗎？媒體、民眾現在都在抓出兇手，妳為什麼沒拉住我……」

「是你自己不住手。」嘉青穿上外套，打算要走。

孝齊則把她推回床上，說：「我去冷靜一下。」

嘉青用手擦著眼淚，孝齊出門後，沒多久又回來，對著嘉青狂吼：「是妳，是妳告訴他們我在這的對不對？」

「你在說什麼啊？」

「他媽的妳這婊子，是妳爆的料。」孝齊捏緊拳頭，作勢要打嘉青，但仍收手。他推開門，衝下樓，往媒體駐守的另一個方向跑去。他違停在路邊的賓士，是老爸去年買給他的，老爸還叮嚀他開車要守規矩。

媒體窮追不捨，敲打著車窗，問孝齊為什麼要打中年男子，孝齊猛踩油門，汽車急駛而出。急剎的聲響，接著是撞擊物體的聲音，老先生被撞飛到路中間。

坐在駕駛座的孝齊，踩著剎車，腿卻在抖。他感覺到了自己比玩遊戲時還要更激烈的心跳聲。摔破的「飛八」飲料罐滾到老先先的腳邊，碳酸飲料從裡面流出來，「飛八」罐身的破洞，就在那對白色翅膀上。老先生躺著，衣服被鮮血與飲料浸濕，兩隻疲倦的眼睛望著夜空。

本來記者朋友想要讓老先生拿著速食店的招牌飲料「飛八」，與傳聞毆打流浪漢的孝齊一起進行共同採訪，可惜事與願違。

老先生依稀想起了那天，他一樣去公園、去墓園，再到速食店。在那裡，他遇到了一位中年男子。那個人像極了他的兒子，他已經好多年沒見過兒子了。

因為他不覺得兒子可以在電影圈混得很好，所以和兒子吵了架，兒子再也沒有回過家。他的兒子叫做德凱，因為兒子從小就喜歡吃香腸，他和老婆替兒子取了個綽號，叫做阿腸。

11

事情在那場車禍之後就結束了。至少對阿泉來說是這樣。

畢業典禮後，大家約好要去吃燒烤，阿泉和同學們一起搭捷運，當捷運一站又一站停，阿泉的思緒被帶到事情發生的那天。

中年男子還睡在同一個地方，旁邊放了杯飲料。阿泉轉頭，繼續站在窗邊拖地，一邊等待客人們離開。

阿泉發現剛才幫中年男子買飲料的老先生，正慢慢移動身軀，想去找中年男子搭話。只是中年男子忽然起身，然後走去廁所。

又要再清一次廁所了。阿泉皺眉，繼續來回拖地，同時注意到正在用餐的親密情侶。

女生拿起衛生紙幫男生擦嘴：「你很髒耶。」

「好啦，我去洗手。」男生起身去廁所，卻在廁所前遇到了中年男子，兩人擦身而過，男生突然大吼。中年男子本來沒回嘴，男生則越來越生氣，兩人似乎起了爭執，後來女生也跑來要拉男生走。

阿泉仍然站在窗邊，不想惹事。他覺得如果自己去勸架，肯定會讓事情變得更糟。但是他的旁觀，也沒讓衝突和緩。

當中年男子想轉身離開時，男生衝過去用力推了他一把。

中年男子倒地前撞到了桌角，男生牽著女生離去。

老先生和阿泉都來到中年男子旁邊，許久，中年男子爬了起來，後腦杓的血從脖子流下，他坐回原本的位置，老先生走到中年男子隔壁桌坐下，蒼老的聲音說：「我家只有自己一個人，你沒地方住吧，我那兒可以借一個房間給你。」

「謝謝，阿爸。」中年男子髒兮兮的臉上，閃著晶瑩的淚珠。

阿泉在廁所把拖把洗乾淨，然後趕緊出來將地板上的血清掉。

中年男子突然開口：「同學。」

「嗯？」阿泉停下拖把，望著中年男子。

中年男子微笑：「你好，我這裡有部電影正在徵演員，看你外型好像有點適合，要不要來試鏡一下？」

「呃……」阿泉站在原地，有些不知所措。

「我開玩笑的。」中年男子招手，說：「可以請你幫我個忙嗎？」

「你說。」阿泉慢慢走向中年男子，拖把的水在地上滑出一道痕跡。

「請你幫我拍幾張照片，然後再聯絡媒體，跟他們說，我是在這裡死的。」中年男子從褲子後口袋拿出錢包，把裡頭的證件都給了阿泉。

中年男子跟老先生聊了幾句，然後與他道別，順便與阿泉道謝。

阿泉沒有聯絡媒體，但是隔天一早，媒體們都來了，阿泉在速食店的後門被媒體堵住，他只好把那幾張，中年男子以僵硬的身體趴在桌上的照片給了媒體，然後概略述說了中年男子在速食店發生的事。

就這樣過了一個月，畢業典禮也畫下了完美句點。阿泉不用遞出辭呈，因為速食店已經先行歇業了，雖然想跟老闆道個歉，但是阿泉並沒有去。

二樓坐滿了三班的畢業生，阿泉才剛到，大家已經烤得火熱，快要把燒肉店的屋頂掀了。

「欸，這是我剛才烤的肉。」小梓用力拍了家宏的手臂。

家宏手裡拿著夾子，抵擋小梓的攻勢，說：「好啦，等等再幫妳烤嘛！」

淑芬嘴裡塞滿肉和石鍋拌飯，皺著眉說道：「齁唷，真的不想指考。」

「為了讀到妳想要的學校，這是必須的。」小朱假裝安慰淑芬，接著又說：「不過我上個禮拜才去看一下我未來的大學，學姐都很漂亮，附近還有超好吃的夜市美食，超爽的。」

淑芬急著把食物吞下要說話，差點因此噎到。

「欸，小心。」小朱趕緊拿桌上杯子遞給淑芬。

淑芬喝了一口，把飲料噴了出來，還好她的手擋住了大半。淑芬拿紙巾擦拭桌面，眼睛瞪向小朱：「可樂有氣泡啦！」

「對不起，對不起。」小朱趕緊夾幾片色澤粉嫩的牛肉給淑芬：「阿泉，抱歉啊，你的肉被淑芬吃了。」

「沒關係。」阿泉拿起一旁的汽水飲用，看著大家臉上的笑容。

同學們一邊大口吃燒肉，一邊討論著未來的大學生活。

阿泉望著烤網下的炭在冒煙，現在總算可以遠離這陣子烏煙瘴氣的戲劇性新聞，彷彿已經吸入大學校園裡的新鮮空氣。

12

「媽，這很好吃欸，為什麼不留下來自己吃？」十二歲的志崇拿著甜點，坐在家裡開的合菜餐廳裡。

「別人分享給我們，我們既然也有能力，當然也就分享給其他人啦。」母親摸摸志崇的手臂，說：「讓其他人和我們一樣快樂，不是很好嗎？」

志崇輕輕將餐廳特製的甜點放回外帶的大盒子，裡面還裝著幾瓶餐廳自製的仙草茶。母親走到餐廳外頭，把裝好食物的盒子拿給露宿街頭的街友。

母親回到餐廳裡，和志崇人手拿著一瓶青草茶，志崇咕嚕咕嚕就喝掉了半瓶，他轉頭看向母親時，發現母親已經靠在椅子上睡著了。

志崇揉揉眼睛，低下頭，望著手機裡兒子的電話，卻遲遲沒有撥出去。他靠上椅背，看向窗外沉澱心情。家裡的空間寬敞，裝潢簡單舒適，傢俱擺放得很整齊，桌上的小籃子還放著以前速食店的ＤＭ，上面除了簡易版菜單，還印有推薦的特價漢堡套餐與招牌飲料「飛八」的插畫。

志崇把ＤＭ摺起來，投入旁邊的垃圾桶，他笑了笑，接著拿起手機，撥打兒子的電話。

十年前的志崇，坐在樹蔭底下小憩，一瓶飲料突然貼到他臉上。

剛升六年級的兒子逸飛笑嘻嘻的，手裡拿著一袋冰涼的飲料。

那時志崇的速食店生意已經太過忙碌，難得可以帶著家人一起出去玩。

「爸爸，你要不要喝？」

「沒關係，我不渴，你去分給他們好了。」志崇指著不遠處的一群孩子，這裡有許多遊客在附近烤肉，家長們常常帶著孩子來到此地。

「好！」逸飛跑去找那群孩子，把手上的飲料舉起時，大家都高興地歡呼。

志崇看向旁邊的老婆。老婆發現志崇在看自己，便歪著眉毛。

「我臉上有東西嗎？」

「沒有。」志崇笑了出來，說：「妳覺得，這條河有多長啊？」

「大概很長吧，所以才能流這麼久。」志崇的老婆用手幫自己搧風，再側身幫志崇搧風：「其他人怎麼都還沒來，你要不要先去準備烤肉生火呀？」

「再等一下吧。」志崇把頭輕靠在樹幹，輕輕把手放在老婆的手背上，大樹的樹蔭讓這晴朗的天氣沒那麼熱得難受。

志崇望著緩緩流動的河，大家在小河旁玩耍，那長長的小河，還在持續地流，慢慢地往前走。

「我有個點子。」

「你總是很多點子。」志崇的老婆用手帕擦擦臉上的汗水。

「我要研發一個飲料，當做速食店的招牌，然後飲料的名稱，就用我們兒子的名字來發想。」志崇微笑：「就叫做——飛八。」

「你根本就已經想好了吧！」老婆把眉毛擠成山丘，嘴角藏不住笑意。

在不遠處玩耍的兒子，正盡情地在奔馳。

志崇走在墓園中，於一座墓碑前停了下來。

這是那位常來速食店的老先生的墓，以前志崇工作空閒時，會和老先生聊天，後來剛好聊到自己投資朋友拍電影，才發現原來老先生是德凱的父親。

志崇鼓勵兩人和好，老先生說已經很久沒看見兒子，而德凱則不願意拉下臉，再之後，就是電影賠錢後的事了。

在老先生的墓碑前，志崇擺了一束鮮花，旁邊加上一瓶可樂。

「雖然我研發的比較好喝，但我知道您愛喝這款。」志崇說完，多待了幾分鐘後離開。他走到停車場，回頭時，看見有人抱著鮮花來到老先生的墓前。那人背對著志崇，因此看不見他的臉。

而那人的背影像阿泉，又與孝齊相似，還有點像德凱。

CH3
搭便車的女人

1

寫小說的原因有很多，逸飛是因為無奈。

兩年前因為腿斷掉，害得逸飛再也不能參加田徑比賽。當時他變得憂鬱，而且從來沒想過自己的跑者生涯會瞬間結束。後來，他接觸寫作，把無奈寫成文字，藉此有了抒發管道。兩年的持續寫作，他開始把體育放下，專心在文字工作上面。

畢業前，逸飛就找到了專欄寫文章的工作，只是成了社會新鮮人，就遇上了公司的腐敗，各種行政上的不公平，還有低薪水，讓他起了離開的念頭。

他在工作以外的時間，已有嘗試寫小說，在公司待了不到一年，他就決定要把小說創作當成工作，寫自己喜歡的懸疑類型故事。

逸飛把工作辭了，找了簡單的打工，而其餘的時間，就拿來寫稿。

今天要把稿子寄出去了。逸飛參加過許多文學獎，但是未曾得到評審的青睞，連佳作都沒有。前陣子，有個出版社寄一封電子郵件給逸飛，邀請他參加出版社與文化部合辦的小說獎，是第一屆，寫八萬字到十萬字的長篇小說。雖然不是要幫逸飛出書，但是豐厚的獎金的確有點吸引他。

逸飛把熱騰騰的稿件裝入牛皮紙袋，裡面也早就放好填寫完成的報名表，逸飛把信封口塗上膠水，用手指把黏好的封口來回壓平，沒有任何一點不平整的突起摺痕。

幾個人也同樣在公車站曬太陽，滿頭大汗的逸飛一跛一跛走到大樹下，時不時探頭，往大馬路的遠方看去。然而，遲遲沒有出現公車的身影。

等待公車的時間，逸飛只好開始觀察幾位也同樣在等公車的人。

像是那個滿頭白髮的老人，卻戴著酷炫的太陽眼鏡，也許他是要去市區找女朋友；還有一位女士，她站得離公車站牌很遠，穿著涼拖鞋，還有淺藍色的牛仔褲，身上穿著一件無袖上衣，手裡拿著包裹，另一隻手撐著一把陽傘……此時，一名男子騎著車過來，把安全帽的護目鏡打開。

他的機車聲音很大，逸飛因此被他吸引了注意。

男子親切地詢問：「有人要去信義區嗎？我可以順便載他一程。」

本來沒人應答，男子刷下護目鏡，扭轉龍頭要走，剛才逸飛觀察的女士叫住了他，女士收起陽傘，拿出手機，說：「我要去這所學校，你能順路載我嗎？」

「嗯……好。」男子把雙腿之間的安全帽遞給女士，再打開機車車廂，讓女士放東西，接著女士跨上了車，男子催動油門騎走了。

逸飛看著這一切，理當會把這樣的情節，想成一個錯綜複雜的故事，但是他沒有，因為公車來了，他上了公車，很快就抵達郵局，把稿件成功寄出。

逸飛從郵局回家後，暫時不想繼續寫稿，便躺在家裡做復健。現在他的腿雖然能走，但是不能跑，有時他還是會感到失落。

而想到今天要回家裡吃飯，逸飛就免不了皺眉。

一年前。爸爸志崇和媽媽淑真，兩人正在幫忙坐在輪椅的逸飛換衣服，當時逸飛的腿傷還很嚴重，幾乎無法站起來。

「你就把房子退租，回家裡住吧。」淑真把逸飛身上的外套脫掉。

「不要。」逸飛低著頭，情緒不穩。

「我們也是為你好。」志崇拍拍逸飛的背，逸飛氣得撥開志崇的手。志崇怒斥道：「你不好好照顧自己，還要讓我們擔心，你給我搬回家住。」

「你不要自己的速食店倒閉了，就來管我好嗎？」逸飛說得脖子爆出青筋：「我當初讀體育你們不贊成，現在如你們所願了。」

逸飛回神，他站在家門口，伸手按電鈴。

媽媽淑真來開門，微笑著說：「來，快進來。」

逸飛走進家裡，家裡的環境整潔，飯廳的石頭長桌看起來很穩重，爸爸志崇把幾盤菜放上桌，對著逸飛笑。

吃飯如果沒看電視，爸媽就會開始聊些有的沒的，志崇夾了口空心菜，說：「最近寫的東西如何？」

「今天去投稿了。」

「加油，你可以的。」淑真用湯匙挖了些番茄炒蛋，也替逸飛裝了一點。

「我們看個電視好了。」逸飛一邊咀嚼，一邊拿起遙控器。

啪擦，電視在報導著一則新聞，記者來到一所高中，而那所高中有位女老師被殺害。淑真和志崇抱怨著現在社會的危險，逸飛的心跳突然變快。

逸飛發現，這名死者，正是等公車時，被機車騎士載走的那位女士。

2

「學校，還有兇殺……」逸飛喃喃自語，因為好奇心使然，他上網找新聞，並且用上頭所提到的名字與學校，找到了被害的死者。

她是學校的表演藝術老師，叫做劉瑜芬，她的死狀悽慘，臉被鈍器砸中，生前還疑似被侵犯過。

逸飛快速敲擊鍵盤，移動滑鼠，有些人也開始貼出文章，說這位老師在大學時期就愛勾引男人，淫蕩得很，難怪會被姦殺。另一篇提到兇手也許是最近經常出沒在各個國高中，一個年約五十的變態，專門找落單的女性下手，還曾經囂張到把自己的內褲放在學務處的門口，上面用紅筆畫了一對胸部。

這些不知真假的文章，一下就吸住人們的眼球，點閱率肯定不會低。

電腦螢幕的光照著逸飛，他深深吸了口氣，然後用力吐出。

應該要出面，告訴警方今天在公車站遇到的事嗎？

但是，如果機車騎士載完她就走了呢？

逸飛搔癢自己的下巴，開了一個空白的word檔，寫下今日所遇到，可以拿來當作小說素材的一些情節。

隔天早晨，太陽還未曬入房間，逸飛就在刷牙洗臉，做了簡單復健之後就出門。逸飛理所當然地來到那所發生命案的高中。

然而，學校彷彿什麼事情也沒發生過，他慢慢走著，仔細觀察，確實聽見幾個學生正在談論此件命案。

逸飛看見警察前來學校，警察嚴肅的神情讓逸飛做了筆記，他偷偷跟著兩名警察，以相當遠的距離，免得被當作是可疑人物。

警察走進學務處，逸飛待在遠處的柱子旁思索時，廣播突然響起：「請三年六班，黃森同學來學務處，老師找您。」

逸飛假裝是正在等待其他老師的家長，靠在櫃子旁，偷聽警察與剛才進來的黃森同學談話。

「請問有什麼事嗎？」一位老師來到逸飛旁邊詢問。

逸飛早有準備，他隨便說了昨天查這所學校，記下的老師名字，說自己跟他有約。還好這位老師沒有繼續多問。

警察很快就走了，大概是因為黃森並不太可能是兇手。一路聽下來，逸飛釐清了幾個事情，第一，是警察看過了監視器，但因為太晚而看不清楚路上的人。

第二，死亡的瑜芬老師，是在教室裡被殺害的，而這位黃森同學，昨天跟老師約了課後輔導，不過輔導的地點在老師辦公室，並不是那間教室。

目前來說，黃森應該是除了兇手以外，最後看見老師的人。

逸飛前往警局，告訴警方公車站的事，但警察卻搔搔頭，說：「你說這位老師被男子載走的事，那名機車騎士已經來過了耶，他說自己昨天應該載了這位女老師。目前他是查無可疑啦。」

「辛苦了。」逸飛這下完全毫無頭緒。回到家，他看見新聞報導，機車騎士也被提到，而且機車騎士在網路論壇上，被稱為來不及拯救公主的「騎士」。

雖然案情還充滿迷霧，但是逸飛知道明天要去哪了。

這位騎士在市區的飲料店上班。

3

新鮮的熱綠茶從茶桶裡流出，店員手裡的雪克杯冰塊半滿，裝入綠茶後，些許冰塊跟著融化，店員反手拿起冰鏟，多加了幾顆冰塊，接著流暢地蓋上雪克杯，開始搖起旁邊一位小朋友點的飲料。

逸飛來到飲料店的櫃台，假裝望著菜單搔癢臉頰，其實在偷偷觀察店員。隨著冰塊撞擊雪克杯的聲響停下，店員把飲料倒入塑膠杯中，接著放進機台封膜。

「您的飲料好囉。」店員把做好的飲料雙手遞給小朋友，小朋友露出少了幾顆牙的笑容，跟店員說謝謝。

店員的名牌上寫著「雷射」，逸飛不禁多看了兩眼。

「這是我的綽號。」雷射微笑：「要喝什麼？」

「我要……」逸飛抬起頭，說：「我想問關於你昨天在公車站，順路載的那位女士，她的神情有什麼異狀嗎？」

「你是，我想起來了，你昨天也在公車站等車。」

「是啊。」

「您是警察嗎？」

「不，我只是好奇，畢竟我當時也在等公車，然後在新聞上也看到你。」逸飛露出親切的微笑，而且他的跛腳似乎起了作用。

雷射看了逸飛的腳，露出關心的神情：「你也很辛苦啊，腳受傷還得自己去搭公車。話說回來，網路上講我是騎士，可惜來不及拯救公主，這我也不太好意思，而且啊，是我送那位老師去學校的，我也感到有點自責呢。」

「我明白。」逸飛點點頭，說：「我要一杯百香綠茶，去冰無糖。」

「馬上好。」雷射轉身，拿起雪克杯，倒入百香果醬，再把茶桶開關打開，倒入綠茶。雷射舉起拿著雪克杯的雙手，像個專業調酒師，規律地搖著飲料。

百香綠茶的香氣四溢，雷射把手抬高，讓百香綠從高處落入塑膠杯中，飲料封好後，雷射用手旋轉整個杯子讓乾淨的抹布擦拭，再親切地把飲料遞給逸飛。

逸飛離開前，雷射說：「對了，我送那位老師去學校的路上，她好像在哭。我問她怎麼了，她都不回應。我只好按照她的意願，在學校放她下車。」

4

左邊走廊沒人，右邊也是。逸飛快步從樓梯口走到瑜芬老師身亡的教室。

喀啦。

喀啦。

前後門都被鎖上，逸飛轉身繼續往前，照著頭頂上的教室班級牌，找到了三年六班。等了數分鐘後，下課鐘聲響起，逸飛在走廊外面徘徊，時不時從窗戶看進教室，尋找那位黃森同學。

幾個同學在走廊上打鬧，有的同學走去廁所，當逸飛看到黃森的時候，黃森正坐在課桌前發呆。

逸飛站在門口，請正在整理布告欄的同學過來。

「不好意思，可以幫我叫他嗎？」逸飛保持禮貌，用手指了下黃森。

「喔，好。」那位同學轉頭喊：「黃森，有人找你。」

黃森眼角微微下垂，鼻子高挺，看起來有點憂鬱氣息，但身材挺拔的他，在班上也算是帥哥等級。

「同學，你跟瑜芬老師很熟嗎？」逸飛捏緊拳頭，神情嚴肅。

黃森愣了一下，沒有回應。逸飛也陷入沉默。

「我跟她不太熟。」

「你不要騙我，她是我很重要的人。」逸飛帶著情緒，對黃森施加壓力。

黃森頓了頓，才說：「你是瑜芬老師的男朋友嗎？」

逸飛順勢演下去，他點點頭，然後把表情變得更加凝重，說：「嗯，請把你知道的都告訴我，好嗎？」

黃森的臉色變得膽怯，逸飛則繼續向前靠近。

「嗯……前天課後輔導，老師說，她把東西忘在機車上，可是她不知道該怎麼聯絡那個人。」

「那是什麼東西？」逸飛追問，但是黃森聳肩。

黃森皺眉：「好像是你送老師的禮物，你不知道那是什麼嗎？」

「我送的禮物……」逸飛的眼神開始亂飄，忽然，他注意到遠處轉角有人在偷看，便追了上去。

逸飛追到樓梯口時，那人早就跳下樓梯，到了一樓。

逸飛用力拍了下旁邊不再白淨的牆，又低頭看著自己不再有力的腿。如果還能像以前那樣奔跑，現在早就追到那個人了。而且太久沒有激烈運動，逸飛只好把身體靠在牆邊喘氣，稍作休息。

雖然沒有記住他的長相，但從背影看起來是個中年男性，而逸飛注意到他的腳上是一雙破舊的球鞋。

「呼——可惡啊。」逸飛用力搥了下雙腿。

轉頭時，黃森已經不知去向。

5

「我要一杯珍珠奶茶無糖，去冰，還有一杯綠茶，糖冰正常。」飲料店加上點餐的客人，有五位在排隊。旁邊的三張椅子都坐了人，還有兩男一女站著，都在等待飲料的製作。

逸飛拖著腳，想提高速度，逸飛直接繞過排隊的人潮，來到飲料店的櫃台。

雷射注意到逸飛，一邊將珍珠放入杯子，一邊開口：「嗨，你又來了。」

「那位老師的東西，她把包裹忘在你車上。」逸飛瞪大眼睛，有些激動。

雷射點頭，說：「我把那個包裹給警察了，我也不知道裡面裝什麼。」

逸飛冷靜下來，待在原地思索了一會兒，其他客人也不知道該不該開始點餐，而雷射也站在原地，確認逸飛沒有其他的事。

「這家飲料很好喝。」逸飛表情有些懊惱，離開之前，雷射叫住了他。

「她男友好像是跳舞的。」雷射說：「原本我在跟她聊天，聊到男友她才哭。」

逸飛找到瑜芬男友所成立的舞蹈教室，地址在一棟老舊建築裡，逸飛穿了件深藍色背心，戴了頂黑色帽子，抵達位於三樓的教室。

「請問有什麼事嗎？」課堂助理向前，親切地協助逸飛。

「警察，請詹智豪出來一下。」逸飛雙手插腰，看著教室前方，正在教導學生的瑜芬男友。

課堂助理皺了下眉頭，口氣變了：「你有證件嗎？」

「這應該是我要問妳的，還是我告妳妨礙公務。」逸飛吞了口口水，保持嚴肅的態度，有時，態度決定一切。

正當課堂助理還站著不動時，智豪請學生們先自己練習，接著走到門口，和逸飛問好。

「警察。」逸飛退出門口，讓智豪也來到走廊上。

「在劉瑜芬死亡那天，你們有碰面嗎？」

「沒有。」

「她帶著的那個包裹，裡面裝的是什麼？有證人說那是你送她的禮物。」

「啊，那個是她另一個男友給她的。」智豪停頓，又說：「發現她劈腿後，我想要分手，可是她拒絕，一直纏著我，還說不會放過我……」

「所以你跟她很久沒碰面了？」

「我根本不想看到她，而且她還曾經威脅過我，說要傷害我的家人朋友。」智豪有些忿忿不平。

「謝謝配合。」

逸飛離開前，看見智豪跟那位課堂助理的互動，似乎有些曖昧，雖然不知道他們的感情生活，真實情況到底是怎樣就是了。

在搭乘捷運時，陷入苦思的逸飛把線索寫進筆記本，只是仍舊拼湊不出整片拼圖，倒是替新構思的懸疑小說，增添了更多素材。

家裡剛才斷電，恢復電力後，房間又重新變得明亮，逸飛點擊網路的新聞，再打開論壇探索，要是他沒這麼做，就不會看到這張照片。

一名網友貼了劉瑜芬老師被殺害的血腥照片，臉部被重擊後變形，鮮紅的腦漿經過調色，逸飛仍然感到一陣噁心，跑到廁所把晚餐全吐了出來。

汗水在逸飛的額頭成珠，他呼吸急促，想像著瑜芬老師生前遭到的殘忍攻擊，而逸飛那受傷的腿，也開始隱隱作痛。

6

逸飛大三那年，在田徑一百公尺的比賽得到名次，接受了媒體採訪，幾篇新聞寫了他的故事，描述他從小喜歡跑步，國中加入田徑隊，決心成為體育國手。

在得獎後沒多久，他到常去的拉麵店吃午餐，路邊有老伯伯在發傳單，上面寫著盲人特色按摩。老伯伯戴著金框墨鏡，穿的衣服老舊，倒是名片做得精緻且有質感，逸飛拿了張傳單便收進背包。

逸飛比賽完都會去按摩，幾天後，他便循著傳單上的地址找到了那家特色按摩店。一進門，就看到發傳單的老伯伯親切招待，原來他就是老闆兼師傅，老伯快速講解按摩套餐後，很快就讓逸飛趴在按摩床。

老伯的手藝不錯，力道恰到好處，不會讓逸飛太痛，但也不會像在抓癢。

「我很羨慕你們，可以自在地奔跑。我啊看不見，只能慢慢行走。」老伯邊說邊按，逸飛就快進入夢鄉。突然，老伯什麼話也沒說就離開。

「怎麼了嗎？」快睡著的逸飛睜開眼睛，但沒人回應。

當逸飛要推起身體，爬下床時，一根球棍砸在了逸飛的腿上。

逸飛來不及反應，老伯又再次將球棍揮向逸飛的腿。

「很愛跑嘛你，很愛玩嘛你！」老伯吼得口水亂噴。

逸飛的腿被棍棒連續地猛力敲擊，讓他只能跪在地上，他趁機推開老伯，扶著牆壁往按摩店的出口跑。

老伯的眼睛，是在八年前被玻璃碎片弄瞎的。

那是在逸飛讀國中的時候。國中時期的他，是個頑皮的男孩，喜歡拿石頭砸破教室的窗戶，別人也會跟著他，一起拿東西破窗。

有次假日他和同學去學校，逸飛朝著窗戶丟了顆球，隨著碎掉的玻璃窗，一聲哀號傳出，原來教室窗戶下有人。

逸飛嚇得趕緊逃跑，從那次開始不敢再做這樣的事情，他也因為同學打小報告，因此被老師通知家長，而賠了一扇窗戶。

在那次之後，他開始變得收斂，他也在田徑隊找到了一展長才的地方。

在那次之後，老伯的眼睛被玻璃劃傷，儘管沒有失明，但視力受損的不便，仍讓老伯心生怨恨。

前幾周，老伯看到新聞報導著短跑得獎者逸飛的故事，注意到逸飛曾就讀的國中，因此認出了逸飛就是當年那個砸破玻璃的孩子。

老伯手裡的棍棒被打斷，逸飛的腳也斷了。老伯坐在地上喘氣，看著逸飛雖然模糊，但是東倒西歪的背影漸漸遠去，嘴角忍不住上揚，眼淚忍不住奪眶。

7

逸飛被瑜芬老師血肉模糊的照片害得睡不著，在床上不停翻身，大約四點才入睡，直到中午，他睡醒後，又去了學校一趟。

黃森看到逸飛時想要跑走，逸飛拖著腳邊追邊喊，黃森這才停下，聽逸飛到底要說什麼。他們坐到籃球場附近的台階上，黃森刻意與逸飛保持距離。

逸飛調整呼吸，坦承：「其實我不是瑜芬老師的男朋友。」

「嗯。」黃森的表情鬆了口氣，輕輕點頭：「我也有懷疑。」

籃球場的運球聲和腳步聲此起彼落，一顆籃球滾到他們的腳邊，黃森把籃球回傳給學弟們。

看著悶悶不樂的黃森，逸飛忍不住問道：「你是不是喜歡瑜芬老師？」

黃森沉默，低頭許久才開口：「老師說，她的男友威脅她，讓她很害怕。所以你說你是老師男友時，我也害怕你會對我怎麼樣。」

「抱歉騙了你。」

「我深愛著她，瑜芬老師是我這輩子的最愛，我……」黃森用手緊捏牛仔褲，淚水嘩啦流下。

「我明白。」逸飛拍拍黃森的肩膀。

「我看到新聞，想起來有見過那位機車騎士，課後輔導結束，我要離開學校，看見他拿著包裹走進來，當時我並不知道，他就是載老師來學校的人，他雖然看起來很可疑，但老師的男友是恐怖情人。」黃森望著逸飛：「你會找到兇手嗎？」

雖然逸飛希望破除這案情的迷霧，但他無法回答這個問題，他要開口時，又看見上次那個穿破球鞋的男子，逸飛連忙起身：「站住！」

黃森這次整個人跳起來，邁開步伐衝刺，一下就抓住了那名男子。

男子胸膛起伏，神色不安。

「老師？」黃森皺緊眉頭。

8

雷射的舊機車發出詭異聲響，感覺隨時都會熄火發不動，但他騎著這台堪用的機車，從公車站載著瑜芬，一路上不時撇頭與她聊天。

「原來妳是老師啊。」

「對啊，不然你以為我去學校幹嘛？」

「我以為妳是學生。」

「不能說謊喔。」瑜芬的聲音很細，但談吐有條有理，她的身材很好，胸部又不小心碰到了雷射的背後。

雷射故作鎮定，繼續說：「我看人比較不準啦。」

瑜芬笑了，雷射在後照鏡看見她甜甜的笑容，心裡也感到甜蜜。

雷射在停紅綠燈時，轉頭說：「妳有小孩了嗎？還是有男朋友？」

只是一提到男朋友，瑜芬就開始哭，雷射看見綠燈趕緊催動油們，又慌忙地說：「妳怎麼啦？」

瑜芬沒有回應，只是眼角的淚順著臉頰不停滑落。

「對不起啦，我不該亂問問題。」雷射一直道歉，只是得不到瑜芬的回應。

雷射把機車停在校門口右側的停車格，瑜芬下了車，已經不再流淚，接著輕輕開口：「麻煩你載這麼一趟，謝謝你。」

瑜芬走進校門口後，雷射便離開了。

時間下午五點半，瑜芬來到辦公室，黃森敲門進來，說：「老師好。」

「請坐。」瑜芬微笑，替黃森拉椅子，黃森也快步向前自己去拉。他們坐在門口長桌的角落，瑜芬坐在長邊，黃森在短邊。

兩人聊到黃森未來想要讀戲劇系，瑜芬也分享自己在表演藝術專業領域的經驗，本來聊得愉快，瑜芬卻突然發現東西不見，本來手上的包裹和陽傘，都忘在雷射的機車上了。

看瑜芬緊張的樣子，黃森也表示關心：「是什麼包裹呀？」

「男朋友送的。」瑜芬哭了，她握緊拳頭：「前陣子我發現男友劈腿，可是他不想分手，還要我把他送的每個禮物收好，不然就把我給殺了。」

「老師有去報警嗎？」黃森的語氣憤慨，像是個正義之士，又像是對愛慕之人所流露的關心呵護。

瑜芬搖搖頭，說：「今天就先到這邊吧。」

黃森抓起書包，停留在原地，雖然想繼續待在辦公室陪她，但黃森深怕影響瑜芬的情緒，只好就這樣離開。

出了校門，黃森與雷射擦身而過。雷射手裡拿著瑜芬的包裹和陽傘，他走進校園詢問老師的辦公室在幾樓，不確定她教什麼科目，所以雷射只好一間間尋找。

辦公室的燈關了，另一位男老師回來，看瑜芬正要走，便開口問道：「瑜芬老師還沒下班呀，妳要不要搭我的便車？」

瑜芬已經平復情緒，想了想，說：「好啊。」

男老師想起自己有東西忘在導師班，請瑜芬跟他一起去拿，順便直接去停車場。來到三年六班，男老師請瑜芬坐著等，他來到辦公桌前，打開抽屜找東西，找了許久，然後趁著瑜芬不注意，從後方抓住她的手臂。

「請不要……」瑜芬沒有出聲大喊，她推開男老師，但他仍伸手搓揉她的胸部，接著把她的內褲扯下，性侵得逞。

短短數分鐘，瑜芬並沒有表現出太大的不悅，男老師拉上褲子拉鍊，說：「清理一下，我先去車上等妳。」

此時，雷射站在外面，透過窗戶看得一清二楚，他用手把包裹夾在腰間，另一手抓著陽傘握把，走進了教室。

瑜芬看見他時，展開笑容：「謝謝你還特地把東西拿回來。」

「我要妳的身體。」

「什麼？」

「如果妳不要，我就不能把東西還給妳。」雷射呼吸變得急促，他強暴了瑜芬，這次瑜芬大喊，而且用手不停拍打雷射的頭部。

雷射把瑜芬壓在桌上，用手捏住瑜芬的臀部，再不斷用嘴唇親吻瑜芬的臉頰、脖子和胸部，當雷射要脫下褲子時，瑜芬用力賞了雷射一個巴掌。

也因此讓雷射勃然大怒，他拿起瑜芬的陽傘，朝著她的臉揮去，持續數分鐘都沒停下。

只有幾盞路燈的停車場，男老師坐在汽車駕駛座內，一直等不到瑜芬。

雷射把包裹和陽傘帶走，繞回校門口騎車離去。

瑜芬的男友智豪，赤身裸體，跟課堂助理在舞蹈教室的木地板上交歡。

黃森若有所思，踩著腳踏車，騎行在一條漆黑的街道上。

影印機內部發著光，正在運轉，然後停下。

逸飛將筆記型電腦闔上，把印出來的故事放入便利箱。

家中的電視畫面，是新聞台正在播報著女老師被殺害的案件，機車騎士是瑜芬老師的小三，他因為爭執而殺害了瑜芬老師，斗大的標題就在畫面下方。

記者果然去採訪了智豪，而智豪說了自己的版本。

逸飛嗤之以鼻，走到玄關時，剛上完廁所的淑真急忙跑出來，請逸飛順便幫忙買個青菜，逸飛皺著眉笑，自嘲行動不便。

「唉唷，你就幫媽買一下嘛。」

「好啦，那爸呢？」

「他在弄飛八的事情呀，不久後可能會重新上市囉。」淑真拿起遙控器，轉到最近逸飛訂閱的串流平台。

「那我肯定要喝好幾罐。」逸飛說完，帶著熱騰騰的作品出門去搭公車。

公車站有幾個人在等待，烈日已經要把逸飛烤焦，公車還是沒有出現。

此時，有個騎著帥氣摩托車的男孩，在公車站前停下。是穿著白色襯衫，正要去畢業典禮的黃森。他與逸飛打招呼，說：「逸飛哥，我剛考到駕照，要順便載你嗎？」

「不用。」逸飛微笑，輕輕點頭：「我搭公車就可以了。」

CH4 金屋藏嬌

1

海程將女孩抬起，把她摔在床上，兩人以光溜溜的身體進行著親密接觸。

這是五天內的第三個了。星期一的時候是個年約三十的空姐，制服底下包覆著深藏不漏的E罩杯；前天是經常來找他的思寧，青春的大學生活力十足，只是有點黏人；現在這擁有翹臀的拿鐵女孩，是下午的時候，在咖啡店搭訕認識的。

隨著海程的挺進，拿鐵女孩發出叫聲，聲音還越來越大，此時門鈴突然響起，海程趕緊用手將拿鐵女孩的嘴巴捂住，用嘴親吻她的額頭。

門鈴沒再響起，海程再度揚起微笑，手還壓著拿鐵女孩的嘴，下半身繼續挺進，這時，拿鐵女孩皺著眉頭，用力推開海程，大喊：「我不能呼吸了啦！」

海程從床摔落到地上，拿鐵女孩將床頭櫃的衣服一把抓起，瞪著海程。

「抱歉啦。」海程起身，坐回床上。

拿鐵女孩推開海程的手，很快就穿好衣服，她用手指順了順亂糟糟的頭髮，往房間門口走去。

「好啦，妳叫什麼名字啊？」海程向前靠，想拉住拿鐵女孩。

「關你屁事啊。」

拿鐵女孩離開後，海程躺回床上，拿起旁邊的手機，打了通電話給思寧。

三年前，海程的爸媽離婚後，爸爸從家裡搬過去和年事已高的奶奶同住，媽媽則回去了娘家。爸爸本來打算把房子賣了，海程要求爸爸留下房子，以後存到錢，要向爸爸買下這棟房。

本來海程是希望可以與當時熱戀中的女友佳綵共築愛巢，只是佳綵突然提了分手。那是海程的初戀，交往了快三年。

「反正我會一直想妳。」這是海程最後見到佳綵時，跟她說的話。

在那次被無預警甩掉之後，傷心的海程有兩個月幾乎沒去上課，後來他開始泡夜店，在許多人都想要做愛的地方，碰上了幾次豔遇。爸爸從小就幫他設立銀行帳戶，每年定期轉帳給他，讓他有了不少的積蓄，因此他把多數的錢用在打扮自己。他不用付錢給女人，女人就願意到他家過夜。

海程並沒有去找工作，他利用自己的存款玩股票當沖，雖然有時賠錢，但他每次只賺小小的價差，慢慢儲蓄，也慢慢花用。反正除了吃飯，額外的花費，他都用在搭車或是開房間。

至今已經畢業兩年，他沒有數曾經和多少女人有過幾場性愛，他只是享受當下的快感，也盡量滿足對方，漸漸地，他也無法停下。

隨著一陣哆嗦，海程翻身，大字型躺在床上。這間是主臥室，小時候是爸媽在這做愛才有了他，現在這也是海程最喜歡的做愛地點。

「思寧。」海程轉頭，說：「妳男朋友不會生氣嗎？」

「他又不知道，那你女朋友不是也會生氣。」

「我單身啊。」海程把手伸到思寧的脖子後方，讓思寧當做枕頭。

「可是你上次在電話裡說女朋友在家，我不能過來。」

「抱歉啦，那時有點累，不想做才騙妳的。」海程看著思寧的胸部，欣賞著水滴型的線條。

思寧有個教跳舞的男友，但是海程認識思寧時，她甚至還是單身。以前他們不常聊天，最近思寧比較常來，才開始分享自己的私事。思寧往右看著海程，柔軟的臉被擠出一團肉：「你都沒有想要定下來喔。」

「妳怎麼知道。」

「誰叫你留下痕跡。」思寧指著床頭櫃上，一個女孩的髮圈。

那是拿鐵女孩匆匆離開，忘了帶走的。

「妳這是偵探吧。」海程微笑，嘴唇親吻思寧流汗的額頭。

2

海程爸剛從診所下班，回家換個衣服，就來到酒吧。

坐在沙發區的男子，是海程的叔叔德旭。海程爸和熟識的老闆打招呼，點了酒就到德旭旁邊坐。

「德升，今天下班比較晚呀。」德旭喝口桌上的威士忌，說：「小程沒來？」

「他可能在忙吧。」海程爸的屁股一碰到沙發，就整個人癱坐其上，扭扭脖子，伸展手臂。

一名男子面帶笑容走來，手裡拿著調酒，說：「何牧師，您也來喝酒呀？」

「喝酒無罪。」德旭起身，把威士忌拿在手上與男子敲杯，裡頭的冰塊互相撞擊出清脆聲響。

德旭在一間教會工作，身為牧師的他，每周會進行一場演講，場場爆滿，信眾都必須提前排隊才有位子可坐。住在這附近的人，多少都有聽過何牧師的大名，與他溫暖動人的話語。

德旭請男子喝了杯酒，男子本來想訴說苦惱，但德旭要他喝完酒，什麼都別想，回家睡一覺再說。

「明天教會見囉。」德旭聲音溫柔。

「謝謝你，何牧師。」

男子離開後，德旭繼續和海程爸聊天，海程爸跟德旭兩個兄弟都喜歡用說話感動、影響他人，差別在德旭把這當成了工作。

「最近怎麼樣？」

「都差不多啊，去診所看別人的牙齒，然後有空的話，來這喝點東西。」海程爸聳肩，雖然他不是那種想太多的人，但現在的生活讓他漸漸覺得想吐，有時還得照顧住院的媽媽，因為她不希望請看護。兒子海程雖然已經長大，可以照顧自己，但海程和佳綵分手後，心裡好像破了一個大洞。海程曾經帶佳綵回家，當時海程爸還以為兩人會步入婚姻。

就像他曾經也以為，與前妻會白頭偕老。

3

思寧穿上風衣，和海程在玄關親吻一下，便走出去搭電梯。

電梯很安靜，安靜得詭異。思寧趕緊按了一樓，然後保持鎮定。嗡嗡嗡，電梯裡的燈在閃爍，增加了懸疑的氣氛，思寧屏住呼吸，直盯電梯樓層慢慢減少。

到了。電梯門開啟伴隨著刺耳的聲音，電梯還沒全開，思寧就衝了出去，公寓一樓，思寧往來時的方向快步走。

「啊！」思寧在路口處遇到男友智豪，她嚇得差點轉身飛奔逃離。

智豪扳著一張臉，雙手插在外套口袋。

「你幹嘛嚇我啦。」思寧拍了下智豪的手臂。

「妳來這邊幹嘛？」

「我從學校回家都會經過這啊。」

「妳不是騎車，怎麼會有要下車，還要去牽車的問題。」智豪抓住思寧的手臂，路燈從背後照在身上，讓他的臉看起來一片漆黑。

「我想買個禮物給你啊。」思寧從包包拿出一個全新的手機：「你送我這麼多東西，我偶爾也想表示一點心意嘛。」

「謝謝妳。」智豪展開笑容，親了思寧的嘴，說：「那，去年的錶呢？」

「這啊。」思寧舉起右手搖晃，手腕上戴著銀色的手錶。

「金魚呢？」

「這啊。」思寧拉起厚厚的兩件衣服，露出腹部右下方，一隻金魚吐泡泡的刺青。智豪曾經養過一隻金魚，在金魚離開後，為了紀念牠，智豪帶著思寧去刺青店，把那隻金魚的模樣刺上。

「乖。」智豪牽起思寧的手，另一手拿著思寧送他的手機，越看笑得越開心，剛才的嚴肅表情全消失了。

路燈照著回家的路，思寧騎著車載智豪，智豪的車子停在那附近的停車場，他說改天再過來開回去就好。

智豪沒說的是，上個禮拜的中秋假期，智豪本來要載思寧回家烤肉，卻看見思寧和海程在學校碰面，傳訊息問思寧，思寧說是跟同學約好了要聚餐。

在那次之後，智豪開始跟蹤海程，找到了他家。今天因為思寧比較晚回家，讓智豪懷疑她在偷情，所以兩個小時前，他來到海程的家門口，按了門鈴，以為思寧在，結果沒人應門，只好先到附近的豆漿店吃些消夜。

偏偏吃完消夜回來，就看見思寧的身影，她真的是為了買手機送自己，才把車停在這附近的嗎？

智豪並不這麼認為。

4

車門啪的一聲關上，智豪觸碰車門把手將車鎖上。剛才他從家裡出門，搭了計程車到海程家附近，把昨天放在停車場的車開走。

他走向地下室的電梯，伸手按鈕往上。

智豪的表情看起來冷靜，嘴裡卻碎念著：「死婊子，我送了妳這麼多東西，妳竟然給我去找別的男人。」

進了電梯，智豪按了一樓，然後將眼睛上吊，盯著監視器看，彷彿警衛會與他對話似的。等到電梯門再開時，智豪步出電梯，經過大廳時，跟警衛打了聲招呼，接著走到對面的教會。

教會裡信眾紛紛入座，智豪面帶微笑，走到講台旁打招呼：「何牧師。」

「智豪，你不是今天有課要補？」德旭把麥克風關掉，先放回架子上。

「下午再去。」智豪禮貌地點頭：「今天的主題是什麼啊？」

「談擁有。」德旭臉色紅潤，語氣溫暖且安定人心：「快點去找位子吧。」

時間一到，已經準備好的德旭便打開麥克風，開始今天的演講。智豪在第三排擠出一個位子，滿心期待地望著台上的德旭。

「我的。我的男友、我的老婆、我的車、我的房，還有我的玩具，或是我的錢，那些東西你說是自己擁有的，但是，那真的是你的嗎？」德旭熱切開口。

「當然，政府有制定法律，確實有些東西的所有權是你的，你買的房子，你買的車，你結婚後的丈夫或是妻子。」德旭走到講台中間：「今天我說的不是這種擁有，而是心理上。你在心裡已經認定自己擁有了對方，擁有了那些物質，因此越來越自滿，你自認為擁有了許多，你認為自己擁有了全世界，但那些都只是你的頭腦在作怪。」

智豪越聽越專心，與其他人一同沉浸在德旭話語的芬芳之中。

「你根本沒有任何東西。」德旭停頓。教會裡一陣沉默，屋內無比寧靜。

「在心理上，不要去擁有任何東西。」德旭已全然投入。

5

去年的同學會是阿蟲辦的，熱心的他今年又找了場地辦同學會，拼命傳訊息約大家來。阿蟲租了一間宴會廳，與幾個老同學布置了一番，裡面有七張大桌，室內兩側有自助的食物可以取用，門口還有簽到本讓大家簽名或者畫圖留念。

穿著西裝外套的海程，穿梭在人群中，跟幾個比較認識的同學點頭打招呼。阿蟲要大家穿正式一些，結果自己只穿了運動服、運動褲和夾腳拖。

前方幾個老同學用宴會廳的布幕玩Switch，也許平時下班沒這樣的休閒活動，個個都玩得很興奮激動。

坐在各桌的老同學，聊天內容不外乎聊工作，還有聊家庭。當年系上有五對班對，兩對已經結婚了，另外三對也都還在一起。本來應該要有六對，而且海程與佳綵在剛開始交往時，還被大家看好會是最先結婚的情侶。

海程來到甜點區，拿了一塊小蛋糕，再用紙杯裝紅茶享用。班上第一個懷孕的小綠，和大學時的姐妹好友們，聊起一歲兒子的育兒經。海程雖然在旁邊聽，但不會參與太多的聊天，怕同學們會提起佳綵。大三時，佳綵跟海程提分手後就轉學了，沒人知道她去了哪，也沒聽說她曾經聯絡過誰。

遊樂園的冰淇淋，海灘的衝浪，山林中的小木屋，海程懷念著那些美好的回憶，現在卻只是苦澀得讓他把注意力轉移到其他女人身上。他自己也知道，和女人做愛雖然很愉快，但都比不上有初戀女友佳綵陪伴的幸福。

海程無奈地笑了笑，走到宴會廳外的廁所，廁所的芳香劑有股淡淡的薰衣草香，讓他感到放鬆。本來沒打算過來同學會，畢竟去年也沒參加，只是阿蟲打電話說會有什麼神秘嘉賓，加上他不斷傳簡訊，海程只好答應。而且阿蟲當初在系上跟自己沒有很熟，竟然一直邀約，海程倒是想見識到底是哪位嘉賓要來。

從廁所出來前，海程聽見外頭傳來歡呼與掌聲，他快步走到宴會廳門口，舞台上的是在他們大三時退休的徐仁老師。

「老師好！」

「很久沒像上課那樣，這麼多人聽我說話了。」徐仁老師身體硬朗，說話鏗鏘有力：「有人問我為什麼要離開學校，其實六十五歲的我也老啦，所以回家享受退休生活。祝福大家，有美好的工作，幸福的家庭。」

大家再度歡呼鼓掌，站在台上的徐仁老師笑得開懷，也提醒大家別激動，還有其他人在別的樓層辦婚禮。海程搔癢眉頭，他確實很懷念徐仁老師。每次大家選擇修老師的課，就是因為一個字「鬆」，老師的談吐讓人放鬆，出的考題也很輕鬆，上課遲到的標準也很寬鬆，每個學生都愛他。

「是徐仁老師呀。」一個熟悉的聲音從旁邊傳來。海程轉頭，看見了他沒有想過會出現的人，看見了他一直期待再見的人。

已經三年不見的佳綵。

她完全沒變。不論是考上研究所，還是出社會兩年的同學，都多少有些變化，不管是多了條皺紋，又或者是身材走樣，佳綵卻依然沒變，及肩的長捲髮，炯炯有神的雙眼，好像永遠不會疲倦。

佳綵看見海程時，也有些震驚，但海程絲毫沒有發現，他很久沒有因為一個女人而看傻了。佳綵隨即揚起了笑容，和海程點點頭。

海程開口：「佳綵，這幾年——」

「你好。」佳綵說完，轉身要走。

「欸。」海程伸手想牽她，但佳綵把手給抽開。

海程覺得奇怪，佳綵往宴會廳裡走，海程跟上去。

「鄭佳綵。」

海程叫佳綵的名字時，佳綵停了下來，並且轉身看著海程。

「抱歉。」海程望著佳綵的眼睛，卻不知道她在想什麼。

佳綵搖搖頭，說：「我才抱歉，好久不見，我記得你是何海程吧。」

6

海程開了客廳的小燈，坐到沙發上，以前小時候，他都喜歡坐在沙發的最角落，可以邊看電視，邊看窗外樓下的人們在做些什麼。順便幻想他們心裡的故事。從同學會回來的路上，海程一直在想佳綵，猜測她在想什麼。她裝作與自己不熟，肯定是欲擒故縱，就像海程曾經在夜店遇到過的幾位女性，都要在第二次搭訕後才成功將對方帶回家。

佳綵的模樣在海程的腦海裡更新了，這三年都是她離開前的身影，現在則換成了在同學會見到的她。

還好有跟佳綵要電話。海程拿出手機，盯著訊息，通常剛認識都會從普通的簡訊聊起，然後再到之後的深入相處，進而交往。只是海程常常做愛，卻已經很久沒有談戀愛了。他知道，謹慎是唯一的路。否則再次讓佳綵跑走就不好了。海程的另一隻手握起拳頭，鼓勵著自己，此時，門鈴響了。

奇怪，今天沒有約女生過來啊。海程從沙發彈起跳下，走到玄關透過貓眼看，但是沒見到人。海程把門打開，看見一位不認識的男子。

但是這位叫做智豪的男子當然認識海程。

「請問你是？」海程的左手按在門上，右手臂靠在門口。

「我是思寧的男朋友。」

「誰？」

「江思寧。」

「我不認識她耶。」海程聳肩，再搖頭。

智豪把臉湊近海程的臉，壓低聲音：「你再找她做愛的話，我會殺了你。」

「喔，再見。」

海程關門，再把門鎖上，掛好防盜鍊後，便回到沙發坐好。他傳了簡訊給思寧，思寧說她男朋友應該不知道他們的事才對，海程便打給思寧，要她過來一趟。

思寧坐在床上。海程躺著，雙手放在枕頭後方，盯著天花板許久。

「你叫我來坐在這邊沒事做喔？」思寧沒好氣地說。

海程沉默不語，然後起身，緩緩靠近思寧，將她輕輕推倒在床上。

「你說，怎麼會這麼多女人給你隨便亂來啊？」思寧笑得羞澀。

海程閉上眼睛，皺著眉，再張開眼時帶著微笑，朝思寧的鎖骨吻了上去。

「這要問妳啊。」

7

佳綵答應海程一起去遊樂園。從早上到現在，海程一直忍住不與佳綵有肢體接觸，保持紳士最重要的一件事情，就是不能破功。

他們坐在涼椅上，前面不遠處是熱門的旋轉木馬，幾個家長帶著孩子排隊，有些小朋友已經等不及輪到他們，把臉貼著欄杆間的空隙，望著馬兒和馬車隨著音樂緩緩前進。

「那些小朋友也太可愛了吧。」佳綵說完，伸出舌頭舔了口冰淇淋。看到這裡，海程幾乎忍不住要向前親吻佳綵。

那時是大一，他們剛交往不久，也來這裡玩，當時海程肚子痛，頻頻跑廁所。佳綵只好坐在涼椅上吃冰，吃著吃著，她把冰淇淋立在椅子上，拿出手機滑了一下，從廁所回來的海程一臉歉意。

「抱歉，我下次再補償妳——」海程急著坐下，啪！海程直接坐在冰淇淋上，新買的深色牛仔褲就這樣沾了白白一坨的牛奶冰淇淋，去廁所清洗還弄不掉，只好硬著頭皮繼續玩遊樂設施，佳綵則一直笑個不停。

「妳還記得以前……」海程想到，不該提起從前的任何事，先配合佳綵，裝作以前同系時從來不熟。

「什麼？」

「沒事。」海程吞了口口水，盯著佳綵吃冰淇淋，此時，他注意到佳綵的右手袖子垂下，露出了手腕上的幾條疤痕。

雖然很想發問，但海程仍然按兵不動，現在這樣坐著，欣賞佳綵的臉蛋，是難以複製的幸福。

突然，佳綵站起來要走，拿起旁邊的提袋。

「我們走吧，有點累了，明天還要去上班。」

「妳在哪裡上班啊？」海程也起身跟上佳綵。

佳綵微微笑，蹦蹦跳跳往前走。

海程眉頭緊皺，走在佳綵旁邊，佳綵舉起吃到一半的冰淇淋，說：「海程，你要吃嗎？」

「好。」海程接過冰淇淋時，不小心碰到了佳綵的手，他注意到褲子變得緊繃，還好牛仔褲的皺摺遮住了他的生理反應，冬天的厚外套也有幫助。

海程舔了口冰淇淋，緩和自己的心跳。

平時邀約女人頂多花三個小時，如果超過這時間他就去找別人。

可是佳綵的各個舉動，都挑動了他的心，都告訴他不能放過這個機會。

到底要忍耐多久，他不知道。

8

晚間六點，外頭的街道還很明亮，但是舞蹈教室的燈沒開，只有百葉窗半開著，月光微微透進了室內。
「妳昨天晚上去哪？」智豪坐在木地板上拉筋。
「不是跟你說我在打工嘛。」思寧將身上的外套脫下，放在壁掛上。
「這麼久。」智豪把百葉窗拉到底，再去前方開了夜燈。
「老闆排的班，我也沒辦法。」
「最好是。」
智豪站在原地，正要把衣服褪去的思寧雙手懸在半空中，外頭的風拍打著窗戶，木地板因為思寧的後退而發出嘰嘰聲響。
「去年的錶呢？」
「金魚呢？」
「這啊。」思寧舉起右手。
「這啊。」思寧趕緊把剩下的衣服往上拉。
「臭婊子！」智豪跨步衝向前，一拳往思寧的肚子揍去。
思寧悶哼，接著跪在地上作嘔。
智豪拉起思寧的頭髮，拿去撞了教室裡的鏡子。
玻璃裂開，思寧被割傷，眼淚不停滑落的她，說：「對不起，我不會再這樣了，而且是你沒時間陪我，難道你不用檢討嘛。」

「妳是我的女朋友，妳不准和別人做愛。」

「可是你當初不也是拋棄女友，跟我在一起的嗎？」思寧顫抖著：「當時你也是先偷吃，才拋棄她的。」

「我沒有拋棄她，我沒有偷吃。」智豪瞪大眼睛，把思寧的頭髮捏得更緊：「我要妳們兩個，妳們兩個都是我的。」

「她死了，她也不曾屬於你。」思寧鄙視的眼神看入了智豪的心臟。

智豪鬆手，愣在原地。

他想起昨天何牧師談的擁有，他現在腦袋一片混亂。

智豪往後退，坐到旁邊的摺疊椅上。

「我要愛誰是我的自由。」思寧穿上外套走了。

這讓智豪沒有可以發洩的對象。

9

剛才送佳綵去了捷運站，現在海程渾身發癢，他邊開著車，邊找電話裡的通訊錄。佳綵拒絕了海程直接送她回家，她說自己還有別的事，這還是海程第一次遇到女生有汽車不搭，搭捷運。

撥打電話。對方接了。

「思寧，妳要不要來我家？」海程的聲音就像平常那樣爽朗。

「蛤，我要上班欸。」

「妳確定不來？」

「我要上班呀，等我下班好不好——」

海程不等思寧說完，就把電話掛斷。接著又打了幾通電話，也沒遇到有空的人，現在也等不及去街上或熱區尋找可以邀約的對象。

他只好開車到之前聽大學同學說的，可以陪你玩的地方。

一名長髮小姐正在幫海程服務，兩人坐在床的邊緣，海程還穿著內褲，牛仔褲則脫到了腳踝。小姐的雙手持續在海程的褲檔裡摩擦。

「妳為什麼會做這個？」海程睜開眼。

「因為有客人會來。」小姐說得平淡。

「那妳為什麼要哭？」

「第一次，有客人對我那麼好，就只因為我不舒服，就不碰我。」小姐一把鼻涕一把眼淚，但笑容還在。

海程故作冷酷，沒太多表情。雖然他也許到了百人斬，但他的原則是雙方都要享受，因此除了像上次拿鐵女孩那樣太過激動的意外，通常不會勉強對方。

而且這位小姐剛才肚子痛，滿頭大汗，看起來極度不舒服，海程都差點要幫她叫救護車了。

「妳的名字是……」
「你可以叫我臻平。」
「妳不平啊。」海程伸手指了下臻平的胸部。
臻平笑了，眼淚也不再流。
「妳在做這個之後，談過戀愛嗎？」
「在做這個之前，我談過一次，我很喜歡他，後來他背著我跟好多女人亂搞，這裡，也是他帶我來的。」
「人渣。」海程雙手抱胸：「如果我有女朋友，還來這邊的話呢？」
「你有付錢，不一樣。」臻平微笑時的酒窩還蠻可愛的，而且看起來還不到三十歲，算是年輕有活力。
海程深呼吸，拍拍臻平讓她停下。
「下次再幫我好了，我沒有女朋友。」海程把褲子穿好後，錢留在桌上。
臻平坐在床邊，看著海程離去。

10

海程把車停好後，往公寓門口走去，還沒拿出鑰匙，就看見思寧奔跑過來，伸手拉住他。

「我下班趕快收一收就過來了。」思寧笑著：「怎麼樣，現在要嗎？」

海程擠了下眉毛，搖頭：「不要，我很累。」

「你又沒有工作賺錢，在累什麼啊？」

「那妳好好工作，上妳的班吧。」海程本來會提股票，但是他連反駁都懶。

見海程轉身向門，思寧伸手拉扯他，說：「哪有人這樣的，你想要的時候我就一定要在，我想要的時候你就不管我。」

「本來就是這樣啊。」

「我現在單身，我特地為你分手耶。」

「妳走開啦。」海程瞪著思寧：「我又不喜歡妳，幹嘛跟妳做愛？」

思寧愣了一下，不斷拉扯海程，越來越用力。

「你明明說過喜歡我，還說過我身材很好。」

「幹。」海程打了思寧一巴掌後，自已也愣住。

「裝什麼清高啊！」思寧把外套的拉鍊拉上，含著淚水看著海程：「少自以為很乾淨，拒絕別人的邀約。」

海程仔細一看，才發現思寧的右眼眶有些瘀青和割傷，也許是路燈太暗，讓自己沒有注意。或者他只是不在乎。

11

這一個月，跟佳綵去了幾個地方。佳綵不同意一起住飯店，所以沒辦法去第一次發生關係的小木屋，但海程帶她去了豔烏石港衝浪，那是他們初吻的地點。

海程和佳綵穿了防寒衣，在人不多的地方盡情享受衝浪的樂趣。也因為海浪的幫助，海程可以幫忙扶著佳綵，順便教她幾招，因此摸到她的手和腰好幾次，好幾次都差點把手往下移動到佳綵的臀部。

今天是吃完午餐的散步，雖然每次約佳綵出去，她的笑容一直都在，卻總是不太說話，不提他們之間到底是什麼關係。

海程與佳綵走在街上，幾名高中生嬉鬧而過。他們剛吃完牛肉麵，雖然老闆把店交給了兒子，但那份味道完全沒變。

「我記得大學的時候，我們常去喝那家飲料。」海程指著前面不遠處的手搖飲專賣店。

「你幹嘛一直聊大學的時候啊？」佳綵踩著輕盈的步伐：「我不記得了。」

「我們明明認識。」海程停下來，站在原地沒繼續前進。

佳綵愣住，她和海程似乎有了默契，現在是該談談的時候了。

「我們很早就認識了。」海程提高音量。

因為已經夠久了，他只想知道，當時究竟發生什麼事。

海程當然不明白，但是佳綵記得很清楚。

大學三年級，海程和佳綵仍然處於熱戀中。對於佳綵來說，海程是她想要一起生活的對象，雖然他們還沒有正式同居。

他們常常手牽著手，一起上課，一起下課。

某日，佳綵因為感冒沒去上課，後來因為同學需要她來一起開會，佳綵睡了午覺也感覺精神變好，所以就去了學校。

她本來打算開完會再打電話給海程，只是她突然僵在原地，遠處，她看見海程跟一個女孩有說有笑。

看起來沒什麼，直到微笑的海程側身親吻了女孩。

從來沒有任何跡象，指出海程會有其他的對象。

海程說過佳綵是他的初戀，他會盡一切努力去學習如何和另一半相處，也會相當珍惜這段感情。

這對撞見海程與其他女生親親抱抱的佳綵來說，是天大的謊言。

就連分手時，佳綵還是保持著笑容。她不願海程看見自己的軟弱。

「再見。」佳綵趕緊轉身，免得眼淚滾落。

「反正我會一直想妳。」海程站在原地看著佳綵離去。

海程沒有追上去，佳綵發現自己竟然更加失落，她討厭自己這麼愛他。

回到家，佳綵拿小刀子割自己的手，一道一道傷不斷湧出血，她感覺淚水再也停不下來。

海程說得對，他真的一直在想她。

可是佳綵不可能再相信海程說的任何話了。

12

「如果你沒和別的女人亂搞，我們可能有機會繼續走下去，順利結婚的話，或許還能生一個小孩。」佳綵瞪著海程，接著快步往捷運站走去。

海程不確定佳綵的表情是什麼意思。

他只知道三年前自己沒有留住佳綵，現在也沒有。

接下來的幾天裡，海程因為懊悔而發洩似地約了好幾個女人。E罩杯空姐、年輕的護理師、夜店小希，還有因為歸還髮圈而重修舊好的拿鐵女孩。

家裡的客廳、房間，還有浴室，都是海程與對方的兩人天地。

海程有個原則是絕對不會多找另一個女生加入，即使她想要找另一位優質女性也不行，他們會徹底感受著兩人關係中的激情，現在的海程更是會全然投入。

這樣才能勉強不想起佳綵。

他不會在做愛時，幻想是在跟另一人做愛，這是基本的尊重，而且對海程來說，用想像的不夠真實，他如果想跟某個人上床，就得要真的達成。

空姐將她的制服扣子打開，海程雙手摸上她的乳房。

護理師抱怨昨天值夜班很累，海程答應會讓她更累。

小希趴在浴室的牆，海程左手抬起小希的左大腿，右手五指扣住她的右手，由下而上深入。

海程捏著拿鐵女孩的屁股，從後方進入她的身體。

無論白天還是黑夜，海程都找得到有需要的女人，他不斷地找人做愛，好像永遠不會累。

身體仍然誠實的思寧，一來到海程家的客廳，就把衣服給脫了個精光。

思寧的雙手緊緊勾住海程的背，隨著一陣哆嗦，海程親吻思寧的嘴唇後，從沙發上起身，再攤開雙手坐回沙發角落。

「海程，你還是打給我了嘛——」

「妳可以走了。」海程把內褲穿起來，要起身時，思寧拉住他。

思寧用胸部貼著海程的手撒嬌：「你怎麼可以這樣，我才剛來耶。」

「走開啦！」海程把思寧拉起來，要她穿好衣服。

海程把思寧推到玄關，再推到外面去。

「喂，何海程，你這個王八蛋。」思寧大力轉動門把，一直按門鈴和敲門。

海程打開冰箱裝了杯牛奶，躺回沙發上享用，幾分鐘後，思寧大概是累了，已經沒再聽見她的吼叫聲。

13

思寧看起來像哭過，她推開咖啡廳的門，朝著正在擦桌子的佳綵走過去。

佳綵和思寧都穿著店裡的制服，思寧待了兩年，制服比較舊，佳綵則是剛來幾個月。

「怎麼啦？」佳綵關心。

「妳不要再靠近海程了。」思寧說：「他是徹底的渣男。」

佳綵來這家咖啡廳時，雖然思寧年紀比自己小，但卻最照顧她。思寧還會跟佳綵聊心事，告訴佳綵自己喜歡的男生叫做海程，用手機找出海程照片後，佳綵提到海程跟她是大學同學。

思寧以為佳綵只是海程眾多女人中的一個。

她不知道海程是因為佳綵才變得心神不寧。

「妳會受傷的，就像我一樣。」思寧雙手緊抓著佳綵的手腕。

「思寧，妳不知道，我已經滿身是傷了。」

佳綵的眼淚滴答落下。

咖啡廳的沙發是配木頭的圓桌，還有一組組的木製桌椅擺放在中間的區域。海程和佳綵坐在雙人桌。佳綵穿著便服，剛下班。

海程摸了摸咖啡杯的邊緣，抬頭：「妳還好吧？」

佳綵點點頭。

「妳原諒我了。」海程對著佳綵笑。

「我有生過你的氣嗎？」

「我東西忘了拿，要回家一趟，妳看，等等要不要順便到我家來坐坐？」

「好。」佳綵輕聲地說。

此時，他們的心中，都已經做出了某項決定。

14

德旭躺在床上，海程爸拿著一杯水走進他的房間。

「謝謝你，還特地請假。」

「媽剛才打電話過來，她太緊張，我以為你是有什麼狀況，所以趕快回來。」海程爸把水遞給德旭：「媽要你多休息。」

「剛才燒得溫度有點高。」

「你就是太勞累了，每周都要演講，還好他們幫你找了代班。」

「什麼？」德旭嗆到咳嗽，接著把茶杯放到旁邊的桌子，開口：「我明明跟教會說，要大家休息一次。」

「剛才我開車經過，看到蠻多人在聽的。」海程爸說完，德旭拿著手機要撥電話，只是沒人接聽。

教會的信眾們坐在位子上，代講的張牧師拿著麥克風在台上一邊講話，一邊走來走去。室內的房間，教會的負責人接到了德旭的電話，他解釋，因為仍有信眾想要聽取建議與教導，因此今日請張牧師來協助，而且演講也快結束了。

「情緒必須發洩出來，找那個惹你生氣的傢伙，對他表達你自己的憤怒。」張牧師把抓緊麥克風的雙手慢慢鬆開，說：「那今天就到這邊，謝謝大家。」

一些信眾們鼓掌，而坐在第一排的智豪，眼睛張得很大，胸膛起伏，臉上慢慢浮現微笑。

智豪走回對面的大樓，跟警衛打了聲招呼，接著來到電梯前，伸手按鈕往下。

進了電梯，智豪按了地下二樓，然後將眼睛上吊，盯著監視器看，彷彿警衛會與他對話似的。等到電梯門再開時，智豪步出電梯，來到停在地下室的車子旁，打開車門，唰一聲就坐進去。他的憤怒，已經等不及要找地方宣洩了。

15

海程翻找著東西。佳綵捏著掛在肩上的包包，還站在房門口。

「妳可以隨便坐啊，我找一下東西，等我一下喔。」海程微笑著。

佳綵稍微參觀了房間的擺設，然後輕輕坐到床邊。
海程找東西的動作停了下來，往後看見的是佳綵的背影。忍很久了。
從第一次見面開始，就忍到了現在。
趁佳綵沒注意，海程已來到她的旁邊，伸長脖子想親吻她。
「欸，你幹嘛，不要，不要啦！」佳綵奮力抵抗，海程還是不斷親吻。
直到佳綵打了他的臉，海程才停下。
「你夠了沒！」佳綵把海程推開，起身站離海程幾步。
「佳綵，抱歉。」海程早就決定，今天不管怎樣都要和佳綵做愛，可現在理性大於衝動，他停手了。
「你走開。」佳綵被淚水濕了眼眶，炯炯有神的雙眼不再散發光采。
現在海程不管如何道歉，也不再有用了。
「如果你上過的好多女生當中，有一個女生，真的很喜歡你，但你卻不曾認真對待她，傷害了她的心，你有想過她的感受嗎？」佳綵渾身發抖，露出手腕上的刀疤：「你想過她有可能自殺嗎？」
「我跟其他人上床，但我只愛妳一個啊。」海程急著解釋。
「我已經死了，我在大學的時候就死了，連同我肚子裡的小孩。」佳綵拿起了放在包包的一把水果刀，流著熱淚：「你如果這麼喜歡我，希望你也能感受，跟我當初一樣的痛苦。」

海程正要向前，佳綵用刀指著他。

「妳到底想幹嘛？」海程站在原地，雙手防禦性地舉在前方。

「我不愛你了，所以終於可以傷害你了。」佳綵將手裡的水果刀刺進胸口，鮮血迅速流滿了雙手和衣褲。

海程跑向緩緩軟倒的佳綵，跪下抱著她。

無論海程怎麼叫佳綵的名字，她都沒有回應。

佳綵沒再睜開眼，海程緊緊將佳綵擁在懷中，不知道自己還能做什麼。

海程所住的公寓，他家位在三樓，此時一樓的大門前，站著才剛抵達的智豪。

16

眼神迷茫的海程，獨自坐在客廳的沙發上，身體上的血已經清理乾淨，換了套新的衣服。忽然，一陣門鈴聲嚇得他差點跳起來。

海程保持不動，可是手機卻響了起來。

隨著鑰匙開鎖的聲音，思寧竟然推開門，走進海程的家裡。

「我下次會很乖，拜託你，我今天好想要。」思寧裝得一臉無辜。

「妳怎麼會有我家鑰匙？」

「唉呀，不管啦，我們來嘛。」思寧拉扯著坐在沙發的海程。

「不要，真的不要。」海程站起來，想掙脫思寧的手。

「那為什麼佳綵可以？」思寧雙手插腰，說：「我在門口看到她的鞋子欸，她在哪裡，她是不是躲在哪邊？」

開始四處尋找佳綵的思寧，拉開客廳的窗簾、推開陽台的門、打開櫃子，但都沒有找到。

海程已經沒有力氣阻止思寧，她依然賴著不走，闖進海程房間，轉身就坐到床上，床發出喀啦聲。海程的眼睛瞪了一下，隨即沉住氣。

「如果她走了那我們就來吧，我已經什麼都沒有，只剩下你囉。」思寧緩緩脫下衣服，露出那條金魚刺青，還有性感的腰部曲線。

「思寧，拜託妳走好不好？」海程雙手合掌，表情痛苦：「拜託，我真的拜託妳，趕快走吧。」思寧受夠了海程的不乾脆，大吼：「笑死人了，佳綵該不會是知道你的真面目所以才走掉，離你遠遠的。」

海程捏著拳頭，他早該知道思寧是個瘋女人。思寧轉身甩門走掉，而她口袋裡的鑰匙，是之前某次和海程做愛結束，趁他睡覺的時候，在他家裡客廳的深褐色櫃子找到的。

思寧總想像著以後這裡就是自己和海程的家，也想像著要正式甩掉智豪。

她只做到了後者。

17

兩小時前。

智豪站在公寓的對講機前面。

對講機發出聲響，住戶開口：「喂？」

「您好，我忘記帶鑰匙——」智豪話還沒說完，就被人從後方拿東西敲暈。

「你說什麼？」對講機的另一端仍發出聲響，但沒人回應。

昏迷的智豪，被兩名男子拉往不遠處的電線桿旁邊。

看起來較年輕的男孩開口：「均浩哥，現在該怎麼辦？」

「叫警察啊，這變態還能怎樣逮住他。」均浩抬著智豪的雙手，再將他慢慢靠在電線桿：「黃森，球棒忘記拿了啦。」

年輕男孩黃森趕緊放開智豪的雙腳，往後跑回去對講機前拿球棒。

均浩叫黃森收好球棒，接著他拿起手機，跟黃森去牽車。

在電話裡，均浩告訴警察關於智豪威脅女友的事，然後告訴了警察地址，隨後就把裝著預付卡的手機隨意丟到路邊。

智豪還沒醒來，他倚靠著電線桿，看起來睡得香甜，雖然後腦勺有被黃森敲出傷口，但絕無大礙。

兩周前。

已經大學畢業兩年多的均浩，來到以前的高中母校，想要找老師敘敘舊。

每年的校慶園遊會除了學生的家長，也總是有很多畢業學長姐會來參與，為的是見見老同學，還有每見一次就多些皺紋的老師們。

「均浩，現在過得怎樣啊？」當年上課經常暴怒且兇巴巴的小安老師，遇到畢業回來的同學都超級和藹。

「現在在當演員。」均浩搔著頭：「電影快要上了，雖然是配角啦。」

小安老師也給予均浩祝福，說要帶其他老師一起去看。其實均浩是來找高中的班導師的，是她稍微修補了均浩受傷的心。

「瑜芬老師呢？」均浩開口後，他注意到小安老師和旁邊的一些同學沉默了。而一位男孩甚至哭了起來。

他是黃森。黃森深愛著瑜芬老師，儘管老師並不知道他的心意，他也知道自己與老師是不可能在一起的。他和均浩講了一年前發生的那件慘劇，當時還是高三的黃森，在瑜芬老師的課後輔導結束後離開學校，而那天，瑜芬老師被一名校外來的性衝動男子給殺害。但老師已經不快樂一陣子了，那是長期被她的恐怖男友威脅所導致。恐怖男友劈腿，卻仍不願與老師分手，還要求她把每個禮物都收好，否則就要殺掉她。

黃森提到，也許現在那個恐怖男友，還持續在傷害女生。

老師告訴過均浩，做任何事之前，先看看是一時衝動，還是非做不可。

要隨時注意自己的內心。

答案很明顯了。

18

思寧離開後，海程終於可以休息。

他很久沒有喘口氣了，這段時間，他就像站在一座獨木橋，戰戰兢兢地追著佳綵，卻又以為佳綵對自己有意思。

途中，他靠著其他女人給的安慰，來平復與佳綵的疏遠，儘管這些日子他與佳綵約會時看起來很親近，但兩人之間總像是隔了一道牆。

那道牆早在三年前佳綵提分手時就被築起。

海程打開手機，是叔叔傳的簡訊，要他別待在家，可能會有危險。

雖然不太明白叔叔的意思，海程仍從沙發上起身，打給了警察。

畢竟佳綵還在這呢。

思寧被警方要求到案說明，原來是因為智豪的事。

見義勇為的人，聯絡警方，提到思寧被家暴。而思寧右眼眶的傷，還有智豪舞蹈教室換過的鏡子，提供了足夠的證據。思寧也提到了金魚刺青。一開始她就不是自願的，現在更是恨不得把這條魚給塗掉。

均浩來到片場，其他人也跟他打了聲招呼，他不是大明星，不過他在劇組裡很受歡迎，是大家的開心果。

有時，他還是會想起幾年前，自己很喜歡的女孩。

在女孩說出不喜歡他以後，他找了個時間，回到母校與班導師聊天。

「我聽完你的故事，感覺另一個女孩比較適合你。」瑜芬老師笑得很輕鬆，當時她還單身，還沒認識未來的男友智豪。

「什麼，妳說曉怡喔。」

「對啊，你不喜歡她嗎？」

「我不知道耶。」均浩抓抓頭，視線亂飄。

「你高中時喜歡演戲，現在是不是也在演呀？」瑜芬老師皺眉，仍在笑。

「我、我哪有啊！」均浩的心情已經好多了。

他只是沒來得及說，謝謝老師。

佳綵離開後的兩個月，海程花了一些時間療傷。儘管他發現找女人做愛對他來說已經不再有趣。或許吧。

舔拭的聲音迴盪在旅館房間，幾張藍色鈔票躺在桌上，臻平正在用嘴巴為海程服務。

「我晚點要跟我爸、叔叔，還有奶奶一起去吃飯。」坐在椅子上的海程說：「最近發生了好多事，妳呢？」

「也沒怎麼樣，就一直在工作。」臻平的舌尖搔癢著海程。

「妳要一起吃飯嗎？」

「不好吧。」臻平抬起頭來時，擺出疑惑的表情。

海程從肩膀再到雙手，整個身體都在顫抖。

臻平眨眨眼，說：「你為什麼要哭啊？」

海程流著淚，他搖搖頭、微微笑，卻不小心哭得更用力。

CH5 不過就是沒上畢製

1

就讀電影系的蓓如，為了明天報告的細節在煩惱，還要收到一些罵人的訊息，兩年前，她主演了一部電影，票房不好，評價超爛，直到現在還是有人因為看了電影跑來指責蓓如的演技。不過這麼說起來，這部電影還是有一定的觀影人次，儘管有的人現在去網路找來看，是為了見證電影有多爛。

而且男朋友現在又打來要她去吃消夜，雖然男友是好意，可是蓓如只想專心背提案稿。

「妳怎麼啦？」謝維捏捏蓓如的臉頰，挖了匙麵線塞入口中。

「明天要提案啦，有點緊張。」

「妳一定可以的。」

「嗯。」蓓如嘴裡嚼著大腸包小腸，因此發出聲音表示同意。

「我第一次向製作人提出歌曲時也是這樣啊。」謝維笑著說：「緊張個半死，結果公司十個人裡面，只選了我的歌來賣。」

「那是你太厲害了。」蓓如勾著謝維的手臂。

其實謝維已經不再是當紅的歌手，有人說，他是因為接了那部跟蓓如共同主演的爛電影才走下坡的。有人說是因為他喜歡跟粉絲上床，還愛拍色情影片，儘管沒有半部外流。又或許，只是時代不同了。

謝維喜歡說笑話，也鼓勵著蓓如明天保持平常心。

蓓如嘴上笑笑的，但是看起來心事重重。

2

洪田選擇讀電影的時候，跟爸媽的關係就沒有好過了。爸爸以為他會讀熱門的資工系，未來寫個厲害的程式。

電影？

爸爸不討厭電影，但討厭自己的兒子，想拿這職業混飯吃。

「這吃得飽嗎？」爸爸在餐桌上突然開口。

洪田低著頭，含入一口菜。

「嗯。」洪田是回應了，但他心裡是完全沒把握。

如果，平時有受到更多人的肯定，大概會不一樣。

「我是說你學的東西。」爸爸坐得直挺，一邊撈湯：「以後別找我要這要那。」

「唉呀，好好吃飯嘛。」媽媽皺著眉頭，皺紋又多了幾條。

「我會拍出好電影的。」洪田咀嚼起來，將眼神慢慢看向父親嚴肅的表情：「電影拿去比賽也可以賺獎金，拍電影吃得了飯。」

爸爸停下筷子，洪田以為自己說服了爸爸，但爸爸的想法沒有改變過。

「我也沒見你拍過幾部，沒見你拍過好的。」

爸爸這話很簡單，卻很重，重得讓洪田難以負荷。

洪田幾乎沒有機會拍攝，只能一直停留在寫故事的階段。

他不喜歡這樣，但是曾經修過的課中，每次拍片提案他都沒有通過，只好加入別人的劇組。洪田當然希望，故事可以從文字變成影像，只是老師給過意見，卻沒給他機會。

這次的畢業製作，是大學時期，把提案拍成作品的最後機會。

洪田慶幸自己沒有放棄。每次寫完一個故事，就全身感覺暖和，有時甚至會哭，不知道是故事本身太感動，還是寫完故事太感動。

總之，這一切讓他覺得真美好。

但是有著衝勁與熱情，不代表信心就不會被磨滅。

而在這畢業製作前夕，他不免擔心，不免想起從前的失敗經驗，開始責怪老師，也怪其他通過提案的同學。

怪這個世界，沒有人懂他。

3

季淵的綽號是妓院。很難聽，但是大家還是經常掛在嘴上，系上的老師聽到別人喊著季淵綽號時，嘴角也會偷偷浮現一抹微笑。

「你準備好了沒呀，妓——」剛言說到一半，就被季淵的礦泉水瓶砸中。

「別吵啦。」季淵也在笑：「那你咧？」

「我當然準備好了。」剛言捲起袖子，彎曲細長的手臂。他是個自信的傢伙，每次課堂提案他幾乎都獲得老師的青睞。

剛言拿起礦泉水，指著季淵桌上擺的電子琴，要他幫忙彈奏，而自己唱起了自創曲。他們兩人時常合作，每次課程的拍攝，季淵就算當導演，也會幫忙剛言的片子做收音或者是配樂。

只可惜，這次畢業製作裡，季淵和剛言兩人中，只有一人提案會通過。

4

諭晴來到河堤旁找洪田，夜晚的路燈照映著她清秀的臉龐，有些路人還會多看她兩眼。

洪田坐在河堤旁已經兩個小時，原本想思考點什麼，但緊張壓過了他腦袋的思考，現在全身硬梆梆的，肢體像是機器人。

諭晴的到來，讓洪田放鬆多了，但他還是為自己的劇本感到擔憂。怕這一次，老師又不能接受自己的故事了。

諭晴是跟洪田同班的女同學，系上人數不多，所有人都分在同一個班，諭晴有著一頭亮麗的短髮，引人注目，許多男同學都想要得到她的芳心。

她會來這找洪田，是因為有次洪田心情不好在這散心，諭晴也好巧不巧的在這散步，兩人偶像劇般的相遇，卻沒有濃情蜜意的後續。

諭晴總是喜歡去找洪田，儘管洪田對自己似乎沒有興趣，室友嘉青也鼓勵她展開追求，單身的嘉青總是提了一大堆鬼點子。而諭晴一律不採用。

「你最近如何呀？」諭晴輕輕坐下。

「什麼如何？」

「嗯，就生活啊！日子之類的……過得如何。」諭晴有點慌張。

「痛苦不堪。」

「啊？」諭晴一愣。

「沒有啦。」洪田笑了笑，說：「寫劇本還是很開心啊，但沒片子可以拍。」

「喔！不過，快要畢業製作咧，你會提案吧？」

「會。」洪田擠出笑容。

「那你這次，是什麼樣的故事呀？」諭晴兩顆大眼睛一閃一閃的。

「到時妳就知道啦。」

「透露一下啊。」

「不要。」洪田往後坐。

「跟以前有點像嗎？」諭晴靠近他。

本來洪田想心平氣和一點的。

「什麼叫有點像？」洪田怒氣突然上來，這個意思就好像在說，這次的案子，他又要被蓋上未通過的印章。

「沒有啦，只是想知道風格，或是一些題材，是不是跟你拍過的片有相似之處啊。」諭晴察覺洪田的怒火：「這樣也沒什麼不好。」

可是諭晴的這些話，一點也不能把火熄滅。

「妳管太多了。」洪田起身，跳下石階。

「我只是關心一下啊。」

「妳可以關心其他人。」

「洪田！」諭晴只能看著洪田走向河堤的盡頭，卻無能為力。

她也生氣了。

氣自己太多話。

「還在煩惱畢業製作嗎？」謝維把手臂當作枕頭，放在蓓如的脖子後方。

蓓如搖搖頭，閉著的眼睛睜開，望著謝維。

謝維沒說話，只是親了下蓓如，接著讓蓓如在自己懷中入睡。

手機震動。其實謝維的習慣一直沒改，就算他現在沒有兩年前的人氣，也還是有許多邀約，他點開手機，揚起笑容。

等一下趁蓓如熟睡，就去找這位熱情粉絲做運動吧。

5

提案在上午，評選結果在下午的一堂必修課交由班導宣布，之後也會統一貼在系辦外面走廊的布告欄上。

一共十個人提案，七個人通過。洪田、季淵、蓓如，是那另外三個。

洪田在老師宣布後，努力保持平靜，隱藏著自己的情緒。他不敢看蓓如，只希望自己喜歡的女孩，不要太難過。

或許洪田可以安慰自己，季淵和蓓如同是天涯淪落人，畢業製作都將無緣拍攝自己的劇本。但是，他一想到爸爸的表情，整個人就看起來槁木死灰。

季淵盯著自己的筆記本，上面寫滿了故事的情節安排，還有主旨的表達，紙也因為塗塗改改很多次而變皺，筆記本的角落也因為曾經碰過水而翹起。

明明已經很努力，也認真地向老師請教，不斷挑出劇本的毛病，小心翼翼彈奏每個轉折，讓整個提案流暢而且賞心悅目。這絕對是讀電影系以來，他寫過最好的劇本。這幾年的成長，他自己知道，這次提案擁有很棒的內容。

季淵仍然不斷在心裡發問，究竟，為何沒有通過提案。

「妓院，別難過啦。」剛言拍拍季淵的肩膀。

「滾開。」季淵拍掉剛言的手，瞪著他。剛言確確實實通過了提案，剛才老師也沒念錯名字。季淵經常和剛言討論劇本，每次討論完再去跟老師討教，也都會得到讚賞，偏偏季淵的沒有通過。十選七。季淵被排除在外。

這彷彿在告訴他，你不該拍電影。

蓓如幾乎在發抖。她想著男友謝維，好希望他在身邊，可是亂糟糟的情緒只讓她更加難以呼吸。就在前天，她為了提案的內容，再去了一趟辦公室找劉老師請教。

「妳這個劇本很好呀，可拍性，還有預算都已經很明確。」

「謝謝老師。」蓓如覺得自己已經成功了，可是劉老師的表情給了疑慮。

「不過……」劉老師搔搔下巴。

劉老師是一位編劇，製作成電影或電視的劇本也有十幾部，許多學生有寫故事的問題都會來問他。有時候，他會給出一些建議。

「如果妳脫衣服，就很有可能通過提案。」劉老師指著辦公室裡的摺疊沙發床，深藍色的沙發上面，鋪著白色的毯子。

許久，蓓如抓住上衣的下襬，做出了決定。

6

「媽，我沒有通過提案。」洪田在下課後撥了通電話給媽媽。洪田哭了，但媽並沒有聽出來。

「沒關係啦，大學沒有機會，不代表出社會也沒有呀！」媽媽的聲音保持著溫柔且活潑：「你今天不回家啊？」

「我晚上不回去吃飯。」洪田說：「去散散步。」

「喔……」

「別擔心啦，我不會跟隔壁家的阿羅一樣跳樓。」

阿羅家一直以來都是好鄰居，他們一家三口看似和樂融融，但是阿羅被爸媽督促唸書，學測卻沒有考好，爸媽心目中的好學校沒了，他自己的命也從頂樓摔下來沒了。

「好，早點休息餒。」媽媽沒有多說些什麼。當初隔壁家的阿羅，就是因為他的爸媽說了太多，所以被三言兩語給擾亂了心神。

「好，我會早點回家。」洪田說。

媽媽先掛斷了電話。

雖然媽媽沒有聽出洪田在哭，但她聽得出兒子不想再繼續說，聽得出，兒子已經不像小時候那樣活力充沛了。

7

真的好煩。

「走開啦！」蓓如對著洪田大吼，把他給的飲料摔在地上。

洪田就跟幾年前拍電影遇到的一個男配角一樣，她根本不喜歡他們，他們卻自作主張，替她做了許多事。洪田買飲料是好意，可是自己又不愛喝飲料。

謝維的電話一直不通，他到底去哪了。

蓓如在遠處看見劉老師正從教室出來，往辦公室走，她趕緊跑進廁所，打開門就開始嘔吐。汗水與嘴角的嘔吐物從下巴滴落，蓓如咬著牙，蹲靠在廁所的角落，再也忍不住哭泣。

當諭晴還站在走廊中間，思考著要不要追上洪田時，季淵突然開口說話，嚇了她一跳。

「蓓如怎麼啦？」季淵已經稍微平復了心情，看起來與平常一樣爽朗。剛言跟在他旁邊，雖然對於剛言通過提案的事，季淵仍然在意。

「我聽說，她跟老師……」諭晴緊皺眉頭，本以為透露這件事，不會一下就造成太大的風波，怎知季淵瞪大雙眼，朝著走廊遠方的劉老師走去。

劉老師看著季淵越走越近，而且還舉起拳頭，不禁喊著：「你、你幹嘛？」

季淵賞了劉老師一記直拳，就像在拍電影，呼應了他今天沒有通過的拳擊故事提案。

「季淵怎麼反應那麼大。」諭晴總覺得自己又做錯了。

「季淵跟蓓如以前交往過。」剛言拍拍額頭。

諭晴有點懊惱，剛言還說，當時蓓如早就有男朋友，是她劈腿，偷偷跟季淵在一起，後來也許她膩了，就把季淵拋開。

可惜的是，他們偷偷在一起的時間裡，都拍出了大學時期的代表作。

蓓如雙手捧著水，將臉洗乾淨，再把凌亂的頭髮用手指梳順。蓓如已經打了五十多通電話給謝維，他還是沒消息。

她走出廁所，看見遠處劉老師和季淵在爭執，嚴格來說，是季淵壓著老師打。蓓如再次想起了那天。

藍色的摺疊沙發床上，劉老師躺著，蓓如跨坐在老師身上，她披著的白色毯子遮住了她半邊胸部，劉老師則搓揉著另外半邊。
「老師，畢業製作提案，可不可以別讓季淵通過呀？」
「為什麼，你們不是很好？」劉老師舔了下手指，再把手伸向蓓如的胸部。
「我們分手了，他還是死纏爛打想要復合，更何況當初只是偷情。」
「好，我答應妳。」劉老師起身，把蓓如推倒在沙發上，張開她的雙腿。
蓓如把臉側轉，看著那面整潔的白色牆壁。
劉老師在她耳邊說：「我們這樣也是偷情吧。」

8

寧靜的河堤，路燈才剛換新，特別明亮。
好險沒通過提案，要不然光是尋找組員、籌備規劃，就要累得半死，如果遇上不做事的組員，要熬過這漫長的製作可不容易，那將會是場惡夢。
洪田只有這樣告訴自己，才能夠好過一些。
可是這樣就不能向爸爸證明自己。
這樣也會讓蓓如瞧不起。
剛才特地下去有飲料販賣機的樓層，投了蓓如上課常喝的飲料，可是她卻不屑一顧……

「喂！」

一聲叫喊打斷洪田的思緒，洪田趕緊用手揉掉臉頰的淚水，撇過頭。

諭晴跑了過來，卻又戰戰兢兢的。

「妳幹嘛？」洪田皺眉。

諭晴原本以為洪田還在生氣，其實洪田沒那麼在意。

「想……找你聊聊天。」

洪田覺得很奇怪，眉頭又皺得更緊：「妳找妳男朋友啊。」

這回換諭晴的眉毛，她沒好氣地說：「我又沒有男朋友。」

「啊，是喔……」洪田這時尷尬極了，連忙說：「妳有想跟哪一組嗎？」

「什麼？」

「畢業製作，妳想去哪一組？」

諭晴咚一聲坐下，說：「我還在考慮。」

洪田好像沒什麼話好說的，雖然偶爾會和諭晴聊天，但其實兩人沒什麼交集，也沒討論過劇本，寫故事什麼的，興趣好像不太一樣。雖然都是讀電影，但未來大概有七、八成的同學，不會在這個行業工作。

洪田發現，諭晴最近好像特別常來找他。

「你還好嗎？」諭晴看著洪田的臉。

這話很輕，但多的是一股溫暖，洪田跟諭晴聊天時，從未有過這樣的感覺，他竟然感覺臉熱熱的。男兒有淚不輕彈，原本洪田是這樣想的，但做到卻難了一些。

「不太好。」洪田說出第一句就哭了，但諭晴沒有太大的反應，只是望著洪田，等他繼續說。

「我原本，想拍出一個很棒的電影，給我爸看看，最好拿個獎金，讓他知道我不會餓肚子……」洪田的拳頭捏得很緊，想讓自己不要那麼激動：「為什麼，為什麼爸爸不接受我讀電影？為什麼，老師都覺得我的故事不好？」

受到挫折，總怪罪自己，又怪罪他人，然後陷入無盡的憂愁。

這就是洪田現在的情況。

諭晴則想把洪田拉出來。

「不要這樣想，以後還有機會嘛。」

「沒有了！」洪田吼道：「這是畢業製作欸！畢業！這是最後一次提案，最後一次自由創作了，以後沒有這個機會，甚至因為錯失這個機會，未來當導演的希望可能是沒有！」

洪田站了起來，把一顆石頭踢入平靜的河中。

「已經沒有自由創作了。」諭晴也起身。

洪田愣了一下。

「你不管你爸，以為選擇讀電影是自己作主的。但老師會選自己喜歡的故事，挑自己喜歡的學生。你不可能自由自在地創作，你或許會迎合老師，或許一開始會說服他們，可是後來又妥協了其他事情。」

諭晴看著洪田，她的眼神堅毅，洪田則閃爍。

「都沒有人認同我，我的劇本只不過是自己玩爽的爛東西！」洪田藉著音量提高，讓自己站得住腳：「大不了，我就去別的科系吧。放棄電影有什麼難的。」

洪田轉過身，離開河堤，騎著車走掉。

逃避諭晴提出的問題，那真正的問題。

9

「好癢啊！」

剛言細長的雙手被蚊子叮了好多包，好多地方快被他抓破皮了。

「你要不要擦藥啊？」季淵從電子琴上方的櫃子，拿藥膏丟給剛言。

剛言皺眉，看著鼻青臉腫的季淵，說：「你才需要吧。」

雖然季淵把劉老師教訓了一頓，但還是被老師打中幾次。老師的牙齒甚至掉了兩顆，季淵大罵他是禽獸時，老師還拜託他別說出來。

剛言沉默了一會兒，才又開口：「我在想，雖然我的提案通過了，但是論導演功力我還是不夠好。你加入我這組，我當編劇，你當導演好了。」

季淵擠出笑容，說：「我沒被退學就不錯了。」

10

「不能跟別人說喔。」謝維把牛仔褲上的皮帶繫好。

「去死啦。」女子頭髮凌亂，下半身蓋著棉被，她雙手往後，把綠色蕾絲胸罩扣好，兩眼直直瞪著門口的謝維。

謝維剛離開粉絲房間，打開手機，發現了幾十通未接來電，還有蓓如的一封簡訊。本來他以為蓓如瘋狂聯絡他是發現了自己與女粉絲們的事。

「畢業製作提案沒有通過，最近發生的事情太多，我好像有些亂了手腳。我們分手吧，不希望你為我擔心。」蓓如簡訊寫道。

蓓如躲在棉被裡哭，她看著自己傳的簡訊，再也不會等到謝維回覆。

謝維這幾年來，幾乎每次約會，都一定要求和蓓如上床。

也許蓓如只是很開心有人喜歡。

剛好她也喜歡那個才華洋溢的歌手。

那個沒有劈腿的謝維。

可是打從一開始，這樣的謝維就不存在。

11

不知道騎了多久，洪田來到沙灘。

剛才他不斷在想，想起國小時就喜歡看電影，也慢慢開始興起拍電影的念頭，在學生時期，許多活動都必須好多人共同參與，也需要良好的團隊合作才能讓活動順利進行。

而這樣的核心元素，當然也適用於拍電影。

洪田笑了，想著當初喜歡電影的自己，想著當初，熱切想要完成作品的自己。

啪啦，洪田的腦海浮現那被老師嫌棄的自己。

踏在柔軟冰涼的沙灘上，洪田皺起了眉頭。

海浪變得緩慢，突然，洪田陷入了一種失望，那些他不曾得到過的機會，那些他原本可能有的機會，一次一次推他往前。

這片茫茫大海，很美，卻又太過巨大。不被吞噬似乎很困難。

洪田讓海浪撞擊自己的雙腳。

不過就是沒上畢製。放棄就是了。

海好像在笑他，慢慢地笑，慢慢地拍打他的腳，說著他的不好，提醒他，不管是他的老師還是父親，都不喜歡他。

如果就這麼游進廣闊的海，是否可以不用再出來，而深海裡有個王國，可以永遠住在那，雖然有時很黑，但每天都很自在，可以跟好多種魚一起相處，在那王國有無限的快樂。

他一步一步，走向海。

深海的王國，好像吹起了號角，呼喚著洪田。

洪田想起與媽媽的通話，他停下來，海浪又順著沙灘拍打而上，海水不冷了，還有點溫暖。

他一步一步，走向海。

深海的王國，好像發出廣播，說他們那裡沒有煩惱。

洪田覺得很適合自己，沒有煩惱，就不用煩惱是否有人喜歡；不用煩惱怎麼拍電影；不用煩惱如何創作。

他一步一步，走向海。

「我很喜歡！」

此時，洪田後方傳來女生的聲音，他轉頭，看見諭晴氣喘吁吁站著，她騎腳踏車來的，不遠處一臺破舊腳踏車傾倒放著。

洪田不知道是不是自己聽錯，還是諭晴只是叫了他的名字？

「我很喜歡。」諭晴多喘兩口氣：「我很喜歡你寫的故事，我超級喜歡的。」

沙灘上，海浪緩緩移動著，凌晨的這裡，只有洪田跟諭晴兩個人。

洪田聽得清楚，但卻有些疑惑。

「很喜歡，真的嗎？」

「應該吧。」諭晴抓抓凌亂的短髮。

洪田笑了一下，做了個怪表情。

「等你拍出來，我再看是不是真的喜歡好了。」諭晴又說。

「可是我畢業製作沒通過欸。」洪田此時已經面向諭晴。

「自己也可以拍呀。」諭晴雙手撐在大腿，雖然很喘，但笑容一直掛著。

不過就是，畢業製作。

「以後我幫你找贊助好了。」諭晴雙手一擺，像擴音器：「不然，你怎麼有錢拍！」

「可以啊。」洪田雙手插在口袋，緊張到不知該放哪。

「欸！你喜不喜歡？」

「蛤？」

海風似乎有點大，聲音聽不太清楚，諭晴只好更大聲。

「我說，你喜不喜歡電影？」

「當然喜歡啊！」洪田的頭髮被海風吹亂，兩人沉默許久，他才說：「可是，我喜歡的人是蓓如。」

這樣啊。沒關係。

諭晴的手機響了，是室友嘉青打電話給她。
嘉青說自己在音樂會上遇到的那個男孩，他們正式交往了。
「恭喜妳啊。」諭晴說完，把手機放回口袋深處。
洪田望著海浪一波波打上來，有了自信。
諭晴望著海浪一波波滾入海，沒了微笑。

CH6 墜入愛河

1

一切都看起來很順利。休學然後去工作，曉怡加入了電影劇組當製片助理。可惜她接到的電影賠得很慘，她建立的人脈也還不夠繼續在業界工作，因此她回到了學校。

今天畢業典禮，住在學校附近的爸爸很早就來，還帶著從台北南下的奶奶，畢業證書都發完了，卻不見男朋友阿風的人影。

「妳男朋友沒來，是不是該揍他一頓？」爸爸遞給曉怡一杯茉莉綠茶，笑著說道。曉怡在上課之餘，有去練習格鬥，也會參加業餘的比賽，爸爸很鼓勵她用拳頭教訓壞人。

「算了。」曉怡插了吸管，把飲料湊到奶奶嘴邊讓她先喝，再大力抱緊她：「奶奶！我以為妳不會來，妳上禮拜不是身體不舒服嗎？」

「在乖孫女小嘟面前，我健康得很呀！」奶奶將手打開，摸摸自己彈跳的捲髮，說：「隔壁的黑咖阿姨還幫我弄了一下造型。」

室友兼經常賴在一起的同學佳綵，幫忙曉怡和爸爸，還有奶奶拍照，曉怡看了下照片後，拉著佳綵和其他幾個好同學們，要大家擺出最酷的姿勢。

「爸爸，換你幫我們拍。」

曉怡雙手放在胸前，揚起比誰都巨大的笑容。

爸爸也感受到了，女兒打從心底的快樂。

「三、二、一，笑——」

2

佳綵勾著曉怡，一邊拿著手機在笑：「唉呀，把妳阿風甩掉啦，妳看，最近駁二有辦相親活動，幸福產業計畫要起飛啦。」

「那妳也要參加嗎？」曉怡盯著佳綵的手機，上面寫著幸福產業計畫的首波活動，十分鐘的快速相親。

「我當然不用啊。」

「對吼，學弟阿泉不是追妳追得很勤。」

「之前我叫他去多認識同年紀的。」佳綵說：「我對小大一沒有興趣啦。」

佳綵和曉怡都比系上同學大一歲，曉怡是因為大一休學，佳綵則是大四轉學過來前，休學了一年。關於系上的一些活動，她們也都相當熱心，特別可靠。

「謝師宴妳來不來？」曉怡喝了口爸爸給的綠茶。

「當然要。」佳綵伸手觸摸曉怡飲料杯上的水珠，再搓搓手逃跑。

「欸，妳的手很髒耶。」曉怡笑著追了上去。

很少人大學四年級還會轉學，佳綵稍微透露過是因為感情問題，只是也強調現在已經放寬心了。曉怡一直覺得，佳綵的眼神裡仍然藏著憂傷，所以有時會逗佳綵笑，希望她真正放下在前一個學校發生的事。

謝師宴辦在飯店裡吃自助餐，大家感情很好，九成以上的同學都有參與，老師們快速講了感性的話，讓同學們趕緊開動。佳綵看了看手機，打電話給曉怡她一直沒接。

阿風租的是月租大約三千五百塊的小屋，狹小的空間裡，阿風坐在椅子上，拉著曉怡說話。

「現在是我的問題囉？我也很認真賺錢啊，可是老闆就是太垃圾，每次都找機會扣我薪水。」

「那你愛賭博也不該是我的問題啊，你每次都和我借錢，我手頭比較緊的時候還要被你念念念，我不想再受你的氣了。」曉怡緊緊捏著肩上的小背包，激動到手心都是汗。

「拜託，再給我一次機會嘛。」阿風喊著：「妳要去哪？」

「謝師宴啦。」

曉怡騎車到了飯店附近，卻只是坐到了一旁的石椅上，眼淚滴呀滴的，彷彿這樣才能把所有委屈都除掉。

3

駁二特區，大太陽。

幸福產業第一期專案，快速相親，凝聚幸福。

這場盛大的相親活動，吸引了許多人來參加，不管是大學剛畢業的學生，又或是邁入中年的單身人士，也不乏離婚想尋找第二春的男女，甚至，還有父母主動幫孩子報名。

剛練完格鬥的曉怡，被佳綵拉著來相親，曉怡打開礦泉水輕輕喝了一口，說：「我暫時還不需要相親啦，而且這是每個人都可以參加嗎？」

「我已經幫妳報名了啊。」佳綵勾著曉怡的手，笑嘻嘻地拉著她走。

4

今天是個好日子，演完第一部電視劇的均浩，來到高雄拍電影，不過電影臨時出了點狀況，要多等兩個禮拜才進組，均浩乾脆就在劇組租好的房間住下，順便來趟高雄之旅。

不久前，均浩看到高雄的幸福產業要舉辦相親活動時，就注意到那天剛好是自己的生日。隔天一早，均浩就收到劇組延後開拍的消息，簡直就是要他去參加高雄的幸福活動。大學畢業快一年，本來以為開始演戲後，可以交到人生中第一個女友，但至今依然單身。

希望活動結束，可以和心儀的對象手牽手逛愛河。

「看來今天的人相當踴躍喔，大家，肯定都會得到幸福的吧！」主持人西裝筆挺，雙手緊握著麥克風，以富有磁性的聲音，正式宣告活動開始。

相親活動採取輪流約會方式，聊天限時十分鐘，每次結束就坐往下一桌。現場大約有五十組桌椅，也有人只是在欄柱外湊熱鬧，想沾沾喜氣。

這麼好康，可以跟好多女生聊天。本來均浩是這麼想的，但也遇到了平常不曾想像過的對象。

「小鮮肉，我看你有在練喔。」年約五十的阿姨盯著均浩手臂的線條。

「欸我們是不是見過啊？我們是幼稚園同學吧？」三十歲的小姐眨著眼。

「我媽一直叫我來，可是我才十六歲，還不能結婚吧。」身穿制服的女高中生雙手插腰。

「你是做什麼工作？」油頭女士身體往前：「你以後會養我嗎？」

當然也遇到了幾個不錯的對象，但感覺就是不太對。

直到活動的尾聲，主持人喊著這是最後一組的快速相親。

均浩抬頭時，認出了眼前這位女孩。

她綁著馬尾，噘起的唇像是在嘟嘴，她是曉怡。他們是國小同學，後來均浩大一被找去拍電影，兩人再次相遇。然而，均浩後來離開劇組，隨著時間，也與曉怡斷了聯絡。

「好久不見，你現在做什麼工作呀？」曉怡的聲音爽朗。

「演員。」均浩微笑，很高興自己又有了機會，能夠嘗試演戲。

「有點懷念呢，不過當時那部電影……」

「我知道，票房不太好。」均浩說：「那妳現在呢？」

「在那部電影之後，我就回學校上課了。」曉怡的表情有些無奈：「不過晚了一年，所以今年才畢業。」

「畢業快樂。」

「雖然我不是讀相關科系，但還是對拍電影有興趣。」曉怡握著拳頭：「不然我的人生，只拍了一部評價不好的電影，有點不甘心啊。」

均浩點點頭，看著曉怡的眼睛：「所以現在變成我是妳的前輩啦。」

「前輩好。」曉怡笑得臉頰鼓起。

十分鐘後，他們成功配對，在群眾的掌聲中，一起離開了會場。

「好的，我們的活動就要告一個段落，祝福你們有個美好的夜晚，幸福產業，正式啟航！」主持人說完，放下麥克風，深深地鞠躬。

夕陽剛落下，散場的群眾停留在原地，抬頭望向天空，拿起相機記錄這片紅色晚霞。

均浩和曉怡並肩走著，展開了相親後的第一次約會。

5

愛河旁的路燈，照映著經過的行人。

均浩這次有些緊張，從前與曉怡互動，也算自然，他努力想著話題，卻注意到曉怡似乎有話想說。但還不想開口。

曉怡忽然牽起均浩抖個不停的手。

均浩愣住，感受著曉怡手心的溫暖，不知道該不該問曉怡有什麼心事，但是牽著她柔軟的手，一切的問題早就煙消雲散。

「我送妳回家吧。」均浩吞口水：「雖然我是搭捷運來的。」

曉怡噗哧笑了，但是她搖搖頭，說沒關係。

捷運平穩地行駛著，而均浩腦海裡全是曉怡的身影，他注意到捷運車窗裡的自己，正在偷偷傻笑，他趕緊拿起手機滑，假裝是看了有趣的影片。

回到劇組租的房間，均浩沖了冷水澡，消去了整日的炎熱，他把手機放在桌面上，不想那麼快聯絡曉怡，免得她覺得自己太黏人。

均浩大字型倒在床上，雖然不習慣這裡的枕頭，但很快就睡著。

有時拍戲要到半夜，或是凌晨就得開工。

實在是好久沒有睡得這麼香甜了。

陽光透過窗簾灑入，均浩伸著懶腰，身為電影的一個小角色，劇組對他很好，替他租的小套房還有電視可以看。新聞台播報著一件殺人案，死者被殺害後棄屍，遺體在愛河被尋獲。

均浩揉揉眼睛，拿起手機打電話。他在四年前被阿賜導演找去拍電影時，拿到了曉怡的電話，但是打過去卻不通，曉怡大概是換了號碼。

昨天怎麼會忘記和曉怡留下聯絡方式呢？

懊悔的均浩獨坐在床上，不停敲著自己的腦袋。

雖然天氣晴朗，均浩心中的烏雲卻揮散不去。

年輕刑警阿木坐在愛河旁，屍體是一名男性。腹部、大腿皆有瘀傷，脖子有利器的切口，但死因可能是溺水。

眉頭深鎖的阿木，陷入了漫長的思考。

6

因為愛河棄屍案的關係，民眾開始反對幸福產業鏈在愛河的計畫，相關企業也出面表示會趕緊進行討論。市長也向大家保證，將讓事情圓滿落幕。均浩對這些都沒興趣，曉怡不見了，這幾天他都在想她，電話無法聯絡，網路社群也找不到她。均浩在相親那晚，在愛河與曉怡道別之後，就沒再見到她了。

也許那次的相遇，只是運氣罷了。

均浩坐在咖啡廳的外面，喝了口滿是冰塊的紅茶，本來下周開拍的電影，劇組又說也許會再延後。他只好去運動紓壓，因為現在也沒什麼心情，進行深度的高雄之旅了。附近泳池沒開，均浩改去公園跑步。在回去的路上，覺得有點餓，去了家超商買吃的，發現以前最愛的飲料「飛八」竟然回到了架上，之前似乎出了點狀況，已經好一陣子沒有它的消息，現在肯定要買一罐來暢飲。

隨著冰涼入喉，整個人爽快許多，均浩回到房間躺在床上休息，突然，手機響起，是個陌生的號碼。

均浩接通時，對方開口：「我是曉怡，可以給我你的地址嗎？」

還沒回神，電話就被掛斷了，均浩聽得出來，那確實是曉怡的聲音，溫柔，但是有些慌張。蟬鳴透過紗窗傳進屋內，均浩傳簡訊留了地址後，起身把窗戶關緊，從行李箱抽出一件黑色背心和黑色內褲，還有一條毛巾進去浴室洗澡。剛剛在屈臣氏買了新的洗髮精和沐浴乳，沐浴乳有清新的茶香，均浩特地擠在手上聞了一下，身體和頭髮都塗滿泡沫後，均浩打開蓮蓬頭，用水柱替自己沖洗按摩，此時，他滿腦子都是那則簡訊。

不太可能是惡作劇，因為身邊沒人認識曉怡才對。

均浩把身體沖乾淨，拿毛巾擦乾因為洗澡水太熱而流汗的身體。打開浴室的門，均浩嚇得差點在裡面滑倒。

微風吹動著窗簾，滿身是傷的曉怡，呼吸急促地坐在窗戶旁的牆邊，腫起來的臉上有好幾處瘀青，嘴角流的血滴答落在身上。

「嗨。」曉怡擠出微笑。

7

曉怡以為自己不會哭，但她還是一直流眼淚。

均浩買了些藥和紗布，手忙腳亂地為曉怡包紮，他沒有問曉怡到底發生什麼事，只是說：「妳還好嗎？」

「我總覺得，運氣好差，常常在遇到好事後，發生更多壞事。」

曉怡接著說出當天在愛河與均浩牽手散步時，沒有說的話。

「我送妳回家吧，雖然我是搭捷運來的。」

「沒關係。」曉怡偷偷笑著。改天要請佳綵吃飯，好好感謝她帶自己來參加這次的快速相親。

均浩前往捷運站，而曉怡假裝去牽車，其實她沒有離開，只是待在原地，手機震動，是阿風打來的。

「你要過來了嗎？」曉怡拿著手機，坐在石頭台階上。

「有什麼事不能回家說嗎？」

「不能。」

「我到了。」阿風掛掉電話。

曉怡轉頭，看見阿風慢慢走過來。阿風是曉怡在大二時認識的學長，他看起來做事認真，而且對她很溫柔。阿風在一次系上的活動跟她告白，兩人在一起後，剛開始感情很好，直到他認識了地下賭場的朋友，畢業前就常去賭博。

比曉怡早一年畢業的他，根本沒認真找工作。其實阿風在系上一直都很懶散，許多人都不敢跟他同組做報告，雖然個性開朗的他在辦活動時很有衝勁，但他時常開會不到，或是中途消失。

阿風去餐廳打工，也是曉怡一直勸他，說自己可沒有那麼多錢養他，他才找了份餐廳的缺。如果不要到處亂花錢，餐廳薪水還算足夠，但是阿風每次拿到薪水就去換籌碼玩撲克牌，沒錢就找曉怡借。

「我們分手吧。」曉怡這次沒有哭。

「不要。」阿風說得堅決。

「這不是你能決定的。」

「當然是，分手是兩人的事。」

「在一起才是。」曉怡瞪著阿風，說：「如果兩人一直都很幸福，怎麼會有人想分開，就是因為不想再繼續互相折磨，才會有人主動離開。」
「噓。」阿風靠近曉怡：「附近應該沒什麼人吧？」
「你想幹嘛？」
「我想幹嘛就幹嘛。」阿風伸手觸摸曉怡的胸部，親吻她的脖子。
路燈沒有照在他們身上，光線不足的情況下，曉怡也不敢想像阿風的表情是多麼的噁心。阿風拿起預藏的水果刀，壓在曉怡的鎖骨，另一手伸進曉怡的褲頭，阿風的舌在曉怡的臉頰滑來滑去，曉怡只能一直後退，雙手抵住阿風的肩膀。
「爽不爽啊，很爽對吧？」阿風在曉怡耳邊低語，突然，曉怡的膝蓋直直襲向阿風的跨下。
阿風痛得彎腰，氣急敗壞的曉怡奪刀，側身一揮，阿風的脖子就被劃出了一道傷痕，鮮血流出。
曉怡大口呼吸，她看著阿風的雙眼，看著眼前陌生的人。也許，她從來沒有真正認識阿風。她只是還懷念，當初那個溫柔的學長。
跨步向前，曉怡用力把這強暴犯推到愛河中。

8

曉怡跟爸爸住，昨天畢業典禮結束，爸爸帶奶奶回台北，順便待個幾天，所以曉怡自己顧家。
逃離愛河後，曉怡回家換掉衣服就衝進浴室，不斷在身上抹肥皂，頭還洗了三次，中途在旁邊的馬桶吐了，只好順便洗了廁所。

好不容易緩和了情緒，曉怡坐在客廳的米色沙發上，只有客廳開了燈，其他房間都是暗的。她轉了幾台新聞，只是社會案件讓她更加煩悶，她關掉電視，雙手把頭髮抓亂，她把雙腳抬到沙發上，兩隻手輕輕環繞膝蓋。

門鈴響了。

曉怡起身，外面是一群從沒見過的人。

「妳好，我是阿風的朋友，妳可以叫我大水哥。」大水哥年約四十，留著平頭，他搔癢後腦勺，親切地微笑著。

「阿風……不住在這。」曉怡愣住，緊緊捏著門把。

「不，妳住在這就好了。」大水哥說：「他欠了我們一些錢，但我們聯絡不上他，這筆債務，可能要由妳來還喔。」

「他欠多少錢？」曉怡的視線望向家裡的窗戶，沒關，且紗窗半開著。

「啊，很多錢呢。」大水哥掐掐手指，他身後小弟個個抬頭挺胸。

「請進。」曉怡左腳往後，右腳迅速跟上，接著左手用力將門關上。

鐵門重擊大水哥的頭部，後面小弟連忙呼喊大水哥的名字，趕緊把門推開。

曉怡踏上沙發，把沙發上的抱枕往玄關丟去。她來到窗邊，雙腿跨上窗台，翻身來到屋外。

大水哥摸著頭大吼。小弟們都不敢跟著跳窗，看見曉怡到了一樓，便爭先恐後衝到外面的樓梯，大水哥抓住最慢的一個年輕人，用手肘敲向年輕人的臉，敲了幾次才停手。

「新人總是慢半拍。」大水哥氣喘吁吁地說。

9

佳綵本來要退租了，曉怡來電，說自己遇上了麻煩。

「沒關係，我再跟房東說多租一個月嘛。」佳綵坐在床邊，拉著曉怡的手。

曉怡低著頭，坐在佳綵的書桌前，說：「我怕他們找上門。」

「才不怕咧，而且妳可以保護我啊，妳格鬥小天后耶。」

「謝謝妳。」曉怡望著自己發抖的雙手。

「那個阿風實在太可惡了。」佳綵捏捏曉怡的手臂，說：「妳沒有做錯，妳只是沒有選擇。」

留在佳綵的租屋處幾天，因為擔心佳綵會被連累，曉怡留了張紙條，說自己會找其他地方躲，但是感謝佳綵，她是最好的朋友。

佳綵獨自把房間打掃乾淨，一個中型行李箱，還有行李袋，和房東約了時間退押金，準備搭下午的車前往台北。到了那邊，佳綵除了要找工作，還要找到那個曾經傷害她的男人。

「再見。」佳綵喃喃自語，希望曉怡一切都好。

10

大水哥的耳目遍及整個大高雄，雖然這是他的誇大宣傳，但對於尋人，大水哥確實有兩把刷子。

一處巷子，大水哥把菸丟在地上，拍了拍旁邊的小弟。

「妓院、小明，你們走這條，其他人往另一邊去。」

「是！」小明立正站好，旁邊的妓院則點點頭。

大家散開後，走路外八的大水哥隨意踢碎一只巷弄裡的盆栽，但是沒有住戶敢開門制止。

曉怡從飯店門口出來，就注意到了有人跟蹤，她跑了幾條街才脫離那些人，後來靠在牆邊喘氣。

小明從轉角出現，但才高一年紀的小明沒料到眼前這個女生這麼能打。小明毫無招架之力，被曉怡後旋一踢就擊倒在地。

跳過昏倒的小明，曉怡知道自己還需要跑，只是過了轉角，又看到一名男子慢慢向她靠近。

這名綽號妓院的男子，並沒有想要攻擊曉怡，他舉起雙手，緩慢移動。

曉怡放下拳頭，說：「你不抓我嗎？」

「我只是混口飯吃。」妓院像是鬆了口氣，聳肩。

「所以放我走囉？」

「我應該也攔不住妳。」妓院說：「聽說妳男朋友欠很多錢，情人的債總是纏人啊。」

「我們分手了。」

「前女友自殺，我很自責，其實也不是我害的，但我就是沒辦法原諒我自己，所以我去喝酒、賭錢，大水哥對我很好，甚至收留了我。」

「幹嘛說這麼多。」曉怡腳步往前。

「總覺得妳會懂。」妓院仍站在原地，讓曉怡繼續走，他看著如此堅強的女孩，不禁想起因為被老師脅迫做愛，而走上絕路的前女友。

妓院在一年前還是個讀電影的小夥子，現在就像身在黑幫電影那樣，感到荒謬，卻不起身離開。

11

夕陽緩緩下山，人多勢眾的大水哥，還是在巷口堵到了曉怡。大水哥的人馬從前後逼近。

「還錢，或是留下來工作。」瞪大雙眼的大水哥，可就沒上次那樣親切了。

反正曉怡也從來沒親切過。

她抽出後方口袋的鑰匙，插向大水哥的左眼，隨著大水哥的哀號，其他小弟們一齊往前毆打曉怡。

曉怡揮了幾記漂亮的拳，但還是被大水哥的小弟們壓制在地。曉怡大叫救命，幾名脾氣衝的年輕人，用腳猛踹曉怡。

公寓裡的住戶紛紛打開窗戶，怒罵著大水哥和這些小混混，還說警察就要來了，甚至有人拿著家中的菜刀下樓。大水哥還壓著流血的眼睛鬼叫，其他小弟則是跟住戶們叫囂。

曉怡趁機推倒牆邊的雜物，大水哥的小弟追上前時被絆倒，又被隔壁幾家住戶倒水和丟水桶牽制。不能回去飯店，大水哥已經知道她住的飯店。曉怡打給均浩，問他的地址，想不到四年前因為拍電影存了均浩的手機號碼，再打給他是這種情況。

曉怡把機車停在百貨公司附近的室外停車場，要牽車時，小明再次出現。

小明衝過去要抓她，臉上還有被曉怡踢中的傷痕。小明用刀砍傷曉怡，另一隻手握起拳頭，往曉怡的臉上狂揍，曉怡找到機會，迅速奪刀，刺中小明大腿，再把正要衝過來的妓院推倒在地。

「抱歉。」曉怡跨坐在機車，催動油門，離開停車場。

小明跪在地上，雙手捏著插在腿上的刀：「妓院，不是要你把輪胎弄破嗎？」

「你哪有講啊。」妓院向前幫忙小明查看傷勢。

二十分鐘後，曉怡來到均浩的房間。

曉怡低著頭，均浩正在用棉花棒幫她擦藥。

「本來想等事情解決以後，再好好跟你解釋的。」曉怡聲音虛弱。

均浩只是皺緊眉頭，看著曉怡的傷口。

「我是殺人兇手。」曉怡的淚珠滴答落下。

「那是意外。」均浩伸手擦掉曉怡臉上的眼淚，說：「我也曾經因為憤怒，想要對方去死，雖然沒有真的下手，但在心裡我早就殺死對方了。但是妳的情況是意外，現在我們要專心想辦法。」

曉怡點點頭，看著雙手手背因為練格鬥而長的繭：「我討厭打架。」

「雖然我以前常和別人起衝突，但我也不愛打架啦。」均浩起身，把沾血的衛生紙和棉花棒丟到垃圾桶。

曉怡終於笑了。

能讓她感到放心，均浩也放心多了。

12

大水哥瞎了左眼，紗布還滲血，他不會濫殺無辜，所以他只是坐在均浩房間的椅子上，讓小弟們給均浩一點教訓。

「你很衝喔，但是沒什麼用啦。」大水哥一手插腰，另一手拉著均浩的頭髮：「叫你女朋友自己來找我，把款項結一結。」

均浩跪在地上，手被壯漢壓制在背後，大水哥把自己的名片放在桌上。

就算均浩已經鼻青臉腫，還是惡狠狠瞪著大水哥，接著露出一口染血的牙齒說道：「去死吧。」

「欠打。」大水哥捏緊均浩的髮根，一拳將他揍倒在地。

大水哥踏出均浩的房間，三名手下離開這擁擠的地方，均浩癱軟不動，無力的拳頭只能鬆開。

均浩看著磁磚地板都被自己的血給弄髒了，還沾到一旁的床鋪，真是糟糕，突然，隔壁鄰居從沒關的門探頭，他趕緊跑進房關心均浩，慌忙地道歉，不知道他們是壞人，所以看了曉怡的照片，就透露她曾經來過這。

「反正他們都已經找到這了，也一定會找到這間房的。」均浩已經滿身是傷了，還是怕鄰居太過內疚，所以硬是開口說話。

去了趟醫院，鄰居幫忙買了晚餐，又多給均浩兩千塊。

「沒那麼嚴重啦，又不需要住院。」均浩的頭部和身上都包了繃帶。

曉怡來到急診室，嘟起嘴時就哭了。

「我果然連累你了。」

「不是妳的錯。」均浩笑著說：「要是我在路上遇到那個傢伙，八成也會跟他吵架，他太討人厭了。」

沒多久，爸爸打電話給曉怡，一開始以為是爸爸被大水哥找上，但爸爸說有位刑警來到家裡找她，有案件的問題要釐清。

此時，均浩想到了解決事情的辦法。

13

刑警阿木和曉怡約在咖啡廳，均浩也一起前往。

「就當作我是個好奇的傢伙，單純想問妳一些問題。」阿木喝了口黑咖啡，臉馬上糾結在一起，他不喜歡喝咖啡，只是想耍酷。
桌子底下，曉怡和均浩牽著對方的手，互相提醒別緊張兮兮。
「幸福產業計畫的開幕活動，和妳男朋友身亡的日期，是同一天。」阿木拿出一張相親活動的傳單。
「是前男友。」曉怡保持冷靜。
「所以妳不知道他被殺了？」阿木盯著曉怡的眼睛。
曉怡搖搖頭。均浩則是看看曉怡，再看看阿木。
「那麼——」
「她前男友經常去賭博，欠了很大債務，討債的甚至找上我們。」均浩把握機會，繼續說：「她男友脾氣不太好，不知道他會不會跟討債的人起了衝突。」
「他身上的傷就是被這個人打的。」曉怡從均浩的褲子口袋拿了大水哥揍完均浩留下的名片。
阿木又喝了口黑咖啡，這次淺嚐即止，他眉頭微微皺起，然後起身。
「謝謝你們。」
阿木總是喜歡自己去查案，他甚至是因為高中看了幾本小說裡的警察辦案，才選擇去讀警專。雖然小說裡常常和真實的辦案情況有出入，但他還是很享受故事所帶來的懸疑感。
大水哥要和兄弟一起出門時，遇到才剛抵達的阿木和其他刑警，大水哥太過激動，揮了阿木一拳，其他小弟也通通被壓制。大水哥不斷嗆聲，說自己沒殺人，而且他有東西可以作證。

阿木仍然銬住大水哥，把他帶回警局。

14

現在手機功能良好，夜晚在有路燈的地方錄影，都還是能看得很清楚。

大水哥提供的影片裡，曉怡和阿風在愛河邊拉扯，阿風想要侵犯曉怡，接著是曉怡膝蓋撞擊阿風，奪刀，手側身一揮，砍中阿風的脖子。隨後，曉怡把阿風推入愛河。

情緒緩和的大水哥，跟阿木道了歉，說自己稍早太過衝動而襲警，但是自己絕無做犯法勾當。

大水哥不禁想起，當晚阿風哭著求自己的模樣。

「對不起，對不起……」阿風臉上沒傷，而穿著的黑色襯衫底下，早已被打出好幾片瘀青。

妓院和小明輪流用拳腳在阿風的大腿和腹部伺候。

這裡是大水哥的別墅，他坐在黑色沙發上，思考著該如何給這可憐的男子一個機會。

阿風不停滑落的汗水，弄髒了大水哥寶貝的石紋磚地板。大水哥搖搖頭，用腳猛踹了阿風的肚子。

「好了，我上次去你家，看到你女朋友的照片，好像挺漂亮的。」阿水哥搔癢自己的平頭，說：

「你只要把她的衣服脫掉，讓我拍個影片留念，就延長你還債的日期。」

「就今天吧，她剛好約我晚上在愛河碰面。」阿風湊到大水哥的腳邊，頭叩在大水哥的淺藍色棉拖鞋上。

大水哥拍拍阿風的肩膀，請小明和妓院送阿風離開。

「謝謝大水哥，我一定會盡快還錢。」阿風一直拍胸脯掛保證。

「你這影片哪來的？」阿木皺眉。

「阿風是我的朋友，他找我過去，要我躲在樹後面拍影片，怎知道他是想幹這種下三濫的事，這種變態死了也好。」大水哥說得義憤填膺。

「那你怎麼沒有報警呢？」

「我以為裡面這位小姐，會聯絡你們，真是非常抱歉。」大水哥關切地問：「這位小姐應該不會有事吧，這就是正當防衛啊。」

15

「製片終於通知，電影下禮拜要開拍了。」均浩手裡拿著冰紅茶，說：「妳要不要來探班啊？」

曉怡輕輕將就到嘴邊的茉莉綠放回桌上。

「我們該談一下吧。」

「談戀愛嗎？」

「國小發生的事。」曉怡擠出笑容：「我知道你還記得，誰會忘記呢？」

水珠在玻璃杯上往下滑，紅茶裡的冰塊也因為大熱天很快就消融。

「但是那已經過去很久了。」均浩說：「妳可以隨時放下。」

「說得很簡單。」

「放下是妳的事，我也不能幫妳。但是我會陪妳。」

他們坐在窗邊，太陽的炎熱讓他們滿頭大汗。

曉怡皺起眉毛，說：「奇怪，這間咖啡廳冷氣是不是壞了啊？」

「那我們趕快走吧。」均浩把剩下半杯的紅茶一口氣喝完。

曉怡的茉莉綠還有八分滿，她趕快多喝幾口，接著跟上均浩。

均浩在咖啡廳門口牽起曉怡的手。

曉怡沒說交往紀念日是幾號，但她現在應該是我的女朋友了吧。

謝謝妳總是替人著想，現在，我也要幫妳分憂解勞。

國小同班時就已經喜歡妳了，妳嘟嘴的樣子真的很好笑，也很美。

只是我太害羞，沒有很快把心底話說出口。

曉怡回到家，握有證據的刑警阿木再次出現，一頭霧水的爸爸也很緊張，對此曉怡感到很抱歉。

她甚至不知道，到底哪些事情不是自己的錯。

16

一個月後。電影拍攝進行得很順利，均浩在回台北前，去了愛河一趟。路上都看得到放暑假的年輕學子，有的去逛街看電影，有的相約去球場打球，愛河波光粼粼，均浩獨自走在它的旁邊。

要是當初相親活動結束，在愛河散步時，可以問出曉怡想要和前男友分手，也許就能留下來保護她。

她就不需要殺人。

或許她的動作多了。一個曾經受傷的人，能怪她對事情太過激動嗎？

曉怡當初就不該和阿風在一起。

如果四年前，就把曉怡留在身邊的話。

事情放久了，就會變糟。

當均浩回過神，看見戴著黑色獨眼眼罩的大水哥。大水哥手裡拿著刀刺向均浩，接著往反方向逃離。

大水哥像個海盜，偷走了均浩本來平凡的生活。

均浩壓著腰間的傷，後腳往後便墜入愛河。

大水哥是來報仇的。均浩想嫁禍給他不成，反倒讓曉怡受苦。

在水中，均浩睜大眼睛，他聽得見雜音，路上的行人也趕緊過來幫忙，均浩游出水面，大口呼吸。

此時均浩頭腦裡的雜音全數消失。

曉怡希望均浩不要陪自己浪費時間，但是均浩也給了她回覆。

怎麼可能，假裝不愛妳。

17

愛河發生的突襲案件，又讓民眾開始抗議幸福產業計畫是否不該從愛河開始，那邊肯定被詛咒了，很快地，幸福產業計畫辦了第二次的活動，那是親子共同學習，有勞作、競賽，還有闖關的項目。

「希望大家要對幸福產業計畫有信心。」主持人西裝筆挺，緊握麥克風，站在前方的舞台上，台下擠滿了民眾，旁邊的攤位也都是來共襄盛舉的人們。

主持人大聲地說：「帶給大家幸福這個任務，我們會盡力達成。」

18

均浩的腰留了疤，回台北後，他去了趟按摩店。

「叔叔，你的功力沒有退步喔。」均浩身體放鬆地趴在按摩床。

戴金框墨鏡的均浩叔叔，快手在均浩的背上按壓，他笑道：「當然啊，我瞎了之後，就變強了。」

「那天到底發生什麼事啊？」

「我去學校替所有教室換窗戶，後來做到一半，偷懶躺在那邊休息，結果剛換的玻璃被打破，我的眼睛就受傷啦。」叔叔皺眉：「均浩，我聽到你在笑喔。」

「哪有啊，是按摩太舒服了。」均浩的臉皮因為貼在按摩床的頭孔而被拉撐，但他的眼角的確因為笑容多了條魚尾紋。

19

街上的行人穿著外套，咖啡廳櫃台上方的電視，正在播放夢時代的跨年轉播。刑警阿木跟同事坐在角落的兩人座，阿木拿起黑咖啡品嚐，很滿意這裡的味道，接著從背包裡拿出一本書，打開翻閱。

「你又在看小說研究查案啊？」滑手機的同事抬頭，看著阿木手裡的小說。

「沒有啊，單純喜歡看而已。」

「真的嗎，你是不是小說看太多，上次衝鋒陷陣，完全不怕死耶。」

「英勇如我，你多學學啦。」阿木捲起手臂，露出被緊繃的長袖凸顯出的二頭肌線條。

同事笑了笑，繼續滑手機，讓阿木專心看他的小說。

阿木聚精會神，看得投入，這本小說的作者，筆名是「飛八」，跟超商賣的飲料同名，這是作者出的第一本書，也是他參加小說競賽的獲獎作品。

真是好看。阿木昨天去書店買的，已經看完一半了。

20

最近高雄有個新的教會，時常聚集了許多人潮。

大水哥也收到了小弟的報告，想親自去看看，順便尋找可能的合作機會，畢竟自己資金周轉的生意，也是屬於心靈的安慰。

主講人是一位叫做何德旭的牧師，大水哥和兩個小弟從入口進去，於尾端開始，一直延伸到講台前，都擺放著高級的木製長椅在兩旁，教會裡的音響系統，正在播放著他們自製的音樂。

「旋律還不錯。」大水哥挑眉，慢慢往前走。裡面幾乎沒有位子了，有較年長的長輩，也有夫妻，或是全家一起過來的，年紀最小的大概是一位婦人懷裡的嬰兒，但是嬰兒很安靜，看起來睡得香甜。

大水哥叫小弟們各自找位子，自己也找了一處最右邊的空位坐下。符合人體工學的木製長椅摸起來平滑，坐起來也很舒適。

隨著人越來越多，有爺爺奶奶推輪椅也要來，有些人則乾脆席地而坐。大水哥不禁感到好奇，這個主講牧師到底是何方神聖。

無線麥克風摩擦衣服發出一點雜音，何牧師從後台走出來：「不好意思。」工作人員替何牧師調整好麥克風後，將正在播放的音樂慢慢轉至無聲。

「歡迎大家來。」何牧師不疾不徐地說：「今天想要談快樂。」

突然間，大水哥彷彿變了個人，專心聆聽著何牧師說的話。

「為什麼會追求快樂，快樂需要追求嗎，當你追求的時候，不就代表著你的絕望、痛苦，還有對快樂的渴求。」

此時教會裡的聽眾們，都沒有聊天講話，連剛才比較大聲的小小兒童，都坐在位子上沒有亂跑。

「快樂是得到些什麼嗎？」何牧師望著大家：「性愛、金錢、房子、好車……等等這些東西。或是我們習慣了痛苦，因此只要一點點快樂就夠了，但我們深知那些無法讓自己滿足，所以不斷追求，不斷地想要達成某個目標。」

大水哥胸口有股激動，化成了淚水停留在眼眶。

「腐化的生活，就是因為無止盡的，對快樂的追求。」

何牧師還沒說完，大水哥就忍不住哭了。

21

假日的麥當勞總是沒位子，不過兩個幸運的男子，補上了一位阿嬤的角落邊桌，他們各點了一份套餐，好久不見的兩人，聊起了大學半年室友的時光，也分享了其他大學時遇到的事情。

「我當然是被判緩刑啊，那個老頭突然出現在大馬路上，我的車速也不快，真的不是故意的。」孝齊一次把沾了糖醋醬的五根薯條塞進嘴裡，又說：「還有啊，我們之前在酒吧遇到的眼鏡仔，之後變成我的學弟，沒想到他是個變態，前陣子殺了一所高中的女老師，真是垃圾。」

海程抓了抓前天脖子被種的草莓，說：「你是不是變瘦了。」

「別說了，我在畢業前早就成功減肥，只是出社會這一年多，又復胖了，再這樣下去，可能要超過大一時的體重。」孝齊原本要出國念書，後來沒去，去年底換了工作，在一家遊戲公司寫程式，只是過完年，才剛開工一個月，就已經有點想離職了。

「像我就沒有。」海程拉開外套，摸了摸自己的肚子。

「那是你晚上常常運動啊。」孝齊挑起眉，瞇著眼，點開海程的手機螢幕：「欸，再給我看看那個空姐的照片。」

「不行啦，這裡人太多。」海程拿起可樂就口，舌頭被氣泡刺得爽快，突然間他的手機震動，是思寧打過來的。

孝齊的臉頰被笑容推起，他知道海程今天還有事。

「這個女的很黏，有時真的很累。」

「別再炫耀了喔。」孝齊拍了拍海程。

「好啦，那我先走。」海程拉上外套的拉鍊，把手機接通，他一邊走下樓，一邊對思寧說著甜言蜜語。

獨自坐在角落的孝齊，慢慢把剩下的薯條，還有海程留下的雞塊吃完。其他客人經過時，看見滿嘴油膩的孝齊，似乎都不自覺地，離他遠遠的。

22

月亮在微笑，但是被黑色的雲遮住了大半。

透明塑膠袋裡裝著兩杯飲料，掛在摩托車的掛勾上，黃森將摩托車慢慢減速，停到路邊。他打開安全帽的護目鏡，遠遠看著那棟老舊建築的三樓，那一間舞蹈教室的窗戶。隱約看得見一些學員和老師正在上課。

系上同學瑜涵走向黃森，手裡拿著一頂深黃色安全帽，上面貼滿了卡通的貼紙。瑜涵戴上安全帽，仔細盯著黃森，說：「你心情不好喔，幹嘛擺著苦瓜臉？」

「我的臉本來就長這樣啦。」黃森把下垂的眼角往上拉。
「好久沒夜唱了耶。」瑜涵跨上黃森的摩托車，接著緊緊抓住後扶手。
「我很想睡欸。」黃森皺眉：「而且妳幹嘛挑這邊要我來載。」
「我家在這附近啊。」瑜涵探頭，看了眼後照鏡的自己。
「喔。」黃森聳肩，把護目鏡扣下，說：「走囉。」
「好。」
黃森催動油門，載著瑜涵前往有點距離的好樂迪。

23

化著濃妝的臻平，推開KTV的門，裡面傳出幾個男人的難聽歌聲，還有女孩子的哈哈大笑。
臻平喝了點酒，但即使穿著黑色高跟鞋，走路還算平穩，她走進電梯，然後抵達一樓。
站在外頭的階梯旁，涼風把臻平吹得清醒了些，她揉揉眼角的刺痛，從皮包拿出一包濃菸。啪，臻平抽出一根菸點燃。
附近沒有其他人，只有幾盞路燈和許多休息的店家，臻平突然大吼：「臭大水，你自己在台北混不下去，還連累我！」
周遭恢復安靜，臻平吸了口菸。

「妳還好嗎？」一名年輕人走來臻平的旁邊。

臻平沒有回話，她皺著眉頭，心裡則是在想，這小子要幹嘛。

「我看妳在哭，怕有人欺負妳。」

「哪有。」臻平拿起叼著的菸，用手指抓了抓眼角，說：「你要一根嗎？」

「我不抽菸。」年輕人點點頭，後面一個女孩從大廳門口出來。

「黃森，你在偷把妹喔，快點啦。」

「就在等妳下來，你們幹嘛這麼愛喝酒。」黃森把摩托車鑰匙丟給走向他的女孩瑜涵。

「下次我也要喝，這樣就不會被派去買酒了。」瑜涵走到旁邊，把深黃色的安全帽戴上。

「女朋友？」臻平用塗了指甲油的手指摸摸嘴唇的口紅。

「不是。」黃森搖頭：「是好朋友。」

臻平露出了酒窩，她將菸蒂抖落。

「也許會有進展，只是我以前喜歡的人，我還沒有放下。」黃森說完，走到瑜涵的身後，接過安全帽。

這個年輕人好像有點多愁善感呢。臻平來不及和他說，等到很久以後，就會事過境遷。雖然，臻平對於自己被舊情人害得要做不喜歡的工作還債，她也還沒有釋懷。

「不要把我的車用壞喔。」黃森跨上摩托車，坐在瑜涵後面。

「誰叫你愛喝酒。」瑜涵眨著眼，看著後照鏡，調整了一下被安全帽壓住的瀏海，接著出發。

臻平時常告訴自己要撐下去。
就可以遇到這些可愛的傢伙。

24

阿泉輕輕按壓放在櫃檯的除菌洗手液，搓了搓手，接著往爺爺的房間走去，路上遇到爺爺認識的好朋友，正沿著牆壁的扶手前進，還主動和阿泉打招呼。

叩叩，來到爺爺房間，阿泉探頭，照服員正扶著阿泉爺爺到輪椅上坐。

「爺爺，你的孫子來囉。」照服員嘉青抬頭看見阿泉時，愣了一下。

阿泉也呆在原地，不停眨眼以為自己看錯了。

輪椅發出嘎吱聲響，阿泉推著爺爺在走廊上緩慢前進，嘉青也跟在一旁，他們經過遊戲室，有幾個年長的住民正在下象棋，也有照服員在前方彈吉他，其他住民也一起高歌。

「要去玩賓果或是撲克牌嗎？」阿泉把臉輕輕湊到爺爺耳邊。

爺爺搖頭，說他想去外面。

「原來你才大二呀。」嘉青伸手調整阿泉爺爺立起來的領子。

「只是暑假放完就要大三了。」阿泉把爺爺推到花圃前面，幾隻蝴蝶在其中翩翩飛舞。

「要好好珍惜喔，大學很快就畢業了。」

「一開始很期待大學生活，現在好像也沒有當初的興奮雀躍了。」阿泉轉頭看嘉青，說：「畢業後也是這樣嗎？」

「哪樣？」

「剛出社會的時候，對工作有很多憧憬，但是過了幾年就變得沒有動力。」

「不知道，我還算是社會新鮮人吧。」嘉青看了手錶的時間，敲敲額頭：「糟糕，我忘記要去幫忙洗衣服！」

「辛苦了。」阿泉微笑。

「我先離開，爺爺，晚點見喔。」嘉青把臉輕輕湊到阿泉爺爺的耳邊。

阿泉的爺爺點頭，舉起粗糙的手搔癢臉頰，他望著前面的花兒和綠樹，靜靜地與之相處。

爺爺的頭髮變得稀疏，看起來也瘦了許多，阿泉鬆開放在手推把上的雙手，才發現手心都是汗。

阿泉最近肩頸的痠痛有點嚴重，上個禮拜他才去做復健，他一邊做伸展，一邊陪著爺爺。

阿泉也有注意到爺爺身體的退化。

只是就算爺爺老得不能動了。

他眼中的光芒，彷彿永遠年輕。

25

咖啡廳的沙發都有客人佔位，旁邊的木製桌椅更是都坐滿了。櫃台前的客人倒是不多，店員製作咖啡的速度很快，熱咖啡或冰咖啡馬上就能送到客人手中。

靠牆的四人桌沙發，坐著三個聊得熱烈的男孩女孩。

「諭晴，妳知道有多誇張嗎？」剛言激動地拉著旁邊的季淵，說：「他竟然跑去混黑道，還問我下部短片的題材就拍他的故事，給他演男主角。」

剛言的古怪表情逗得諭晴一直笑，季淵則解釋：「我那是低潮期，大水哥實在對我太好，我說要回去拍電影，他竟然想要投資個幾百萬。」

諭晴沒說太多話，因為看著剛言還有季淵兩人一搭一唱，就已經很高興了。

下個月有同學會，不知道畢業兩年的大家，是否還保有初衷，或是換了跑道，也許當初選擇電影系，就不是為了工作。

咖啡廳的店長前天購入的全自動研磨咖啡機，正在發揮它的功效。

店員思寧走到右方取餐區，把四杯外帶咖啡遞給上一位客人，接著來到櫃台收銀機前，親切地開口：「歡迎光臨，請問要喝什麼？」

「您好，我有打電話應徵。」女孩留著及肩的捲髮，她那炯炯有神的眼睛，看起來很有自信。

「好的，妳叫什麼名字啊？」思寧蹲下，探頭尋找店長放的應徵須知。

女孩頓了頓，揚起微笑。

「我叫鄭佳綵。」

26

洪田的拇指停留在螢幕上，看著一個女孩的照片，她是洪田的大學同學蓓如，可惜她了結了自己的生命。

或許她的花心男友謝維並不是害她死的主因，但謝維並沒有關心她。謝維給她的陪伴，也只是為了自己身體的欲求。

洪田像個雕像坐在復健診所外面。聽說身為歌手的謝維，現在過得有一餐沒一餐。蓓如死後沒多久，一名受害的女性向媒體爆料，謝維喜歡約炮，但是會偷拍女生的影片，還威脅她們不能說出來。話藏在心裡太久了，就容易爆發。因此之後有更多受害者發聲，網路輿論一面倒，讓謝維從此沒出現在螢光幕，就算拍了幾部網路影音，也是被網友們砲轟。

一個人影慢慢走向洪田，他把手機螢幕按掉，抬起頭時，趕緊起身：「啊，不好意思，需要幫忙嗎？」

「沒事。」剛做完復健的逸飛，在洪田旁邊坐下。

洪田有些緊張，雙手放在大腿上，等待逸飛說話。

逸飛喝了口水壺裡的冰水，放在玻璃桌面上，微笑：「故事改編得如何？」

「進度不錯，第一版的劇本，製片就已經很滿意了。」

「是你不嫌棄。」逸飛說：「這當初投了幾個文學獎，連入選都沒有呢。」

「我還有幾個人物背景想要確定。」洪田點開螢幕，找出修改後的最新劇本，把手機轉向，拿給逸飛。

太陽照在手機有點反光，逸飛調整著角度，洪田自顧自地開口：「在大學的時候，我的提案也都不受老師青睞，但是同一個故事卻在別的競賽脫穎而出。」

洪田被太陽曬得滿身大汗，他挺直身子，汗珠因為他的熱情而彈跳。

「雖然他們不喜歡你，但一定一定，會有喜歡你的人。」

27

單車駛過平滑的石頭路面，有人坐在綠油油的草地上野餐，幾個玩捉迷藏的小朋友的笑聲，穿梭在一棵棵榕樹之間。

均浩盯著草地上的螞蟻，牠們圍著兩塊有人掉落，剩下三分之二的餅乾。一顆躲避球滾到均浩的腳邊，均浩雙手拿起，丟回去，幾個國小學生奔跑起來，互相躲避對方的快速飛球。

此時，有個女生帶著甜美笑容走來，均浩一看見她，就露出了微笑。

「好久不見。」曉怡的聲音溫柔，她綁著馬尾，手上拿著手搖店的飲料。

「哇，太棒了。」均浩伸手幫曉怡提袋子，放到旁邊的長椅，拿起紅茶插下吸管就開始喝。

「你等一下要回去拍片吧？」

「時間還夠。」均浩嘟嘴連續喝了幾口，滿滿冰塊的紅茶已經少了一半。

曉怡歪著眉毛，看均浩這麼開心，是不是有點太誇張了。

雨滴嘩啦啦打在後面的樹叢上，均浩抬起頭，幾滴雨水落在臉上。

「糟糕。」曉怡拉著均浩的手起身。雷聲轟隆，遠處的小孩大喊著快跑。曉怡把手輕輕高舉在頭頂，均浩把背包，還有曉怡買的飲料抱入懷中，對著遠處的涼亭擠眉弄眼，跟曉怡一起跑去躲雨。

大雨不停落在這片公園，景色都變得模糊。

淋成落湯雞的均浩，手臂靠在涼亭的灰白色柱子上，說：「等等回去，服裝組看到我把衣服弄濕，肯定會把我臭罵一頓。」

「他們可能也沒躲過這暴雨呀。」曉怡一邊喝茉莉綠茶，一邊欣賞這幅夏日的雨中美景。

「說得也是。」均浩深呼吸，空氣很新鮮，還有點土壤和雨水的味道。

濕掉的衣服有些冰涼，均浩把黏在肚皮上的衣服拉開，水珠從髮束滴落。

不知道這場雨，什麼時候會結束。

又或者這場雨，跟每段關係一樣，從來不曾停止。

無論是人跟人，還是人跟這個世界。

有時這段關係看起來新鮮，有時看起來乏味。
有時，只不過是太過在乎自己，以致於跟誰都無法變得親密。
所以你放任自己，在原處腐爛。
除非把擾人的回憶，還有理想的未來拋棄。
不僅與大自然相愛，也和每段關係相愛。
沒有多餘的顧慮，單純在這大自然裡，對一切感到好奇。
然後每一刻都十足新鮮有趣。

釀小說124　PG2792

新鮮人

作　　者　潘尚均
責任編輯　楊岱晴
圖文排版　陳彥妏
封面設計　蔡瑋筠

出版策劃　釀出版
製作發行　秀威資訊科技股份有限公司
114 台北市內湖區瑞光路76巷65號1樓
電話：+886-2-2796-3638　傳真：+886-2-2796-1377
服務信箱：service@showwe.com.tw
http://www.showwe.com.tw
郵政劃撥　19563868　戶名：秀威資訊科技股份有限公司
展售門市　國家書店【松江門市】
104 台北市中山區松江路209號1樓
電話：+886-2-2518-0207　傳真：+886-2-2518-0778
網路訂購　秀威網路書店：https://store.showwe.tw
國家網路書店：https://www.govbooks.com.tw
法律顧問　毛國樑　律師
總 經 銷　聯合發行股份有限公司
231新北市新店區寶橋路235巷6弄6號4F
電話：+886-2-2917-8022　傳真：+886-2-2915-6275

出版日期　2022年7月　BOD一版
定　　價　260元

讀者回函卡

Printed in Taiwan

國家圖書館出版品預行編目

新鮮人/潘尚均著. -- 一版. -- 臺北市：釀出版,
2022.07
面；　公分
BOD版
ISBN 978-986-445-674-1(平裝)

863.57　　111008100